어느 건달의 방랑기

어느 건달의 방랑기

초판인쇄일 | 2008년 4월 7일
초판발행일 | 2008년 4월 17일

지은이 | 요셉 프라이헤어 폰 아이헨도르프
옮긴이 | 구정철
펴낸이 | 金永馥
펴낸곳 | 도서출판 황금알

주간 | 김영탁
실장 | 조경숙
편집 | 칼라박스
표지디자인 | 칼라박스
주소 | 100-272 서울시 중구 필동2가 124-11 2F
전화 | 02)2275-9171
팩스 | 02)2275-9172
이메일 | tibet21@hanmail.net
홈페이지 | http://goldegg21.com
출판등록 | 2003년 03월 26일(제10-2610호)

값 9,800원

ISBN 978-89-91601-50-5-03850

어느 건달의 방랑기

요셉 프라이헤어 폰 **아이헨도르프**의 로맨틱 러브 스토리

구정철 옮김

황금알

책을 내면서

이번에 독일 낭만주의 시인 요셉 프라이헤어 폰 아이헨도르프의 작품 *Aus dem Leben eines Taugenichts*를 우리말로 옮기게 된 것을 매우 기쁘게 생각한다. 작품 제목을 『어느 건달의 방랑기』라고 하였는데 그러고 보니 그것이 작품의 원래의 의미를 과히 벗어나지 않은 것 같아서 마음이 놓인다. 왜냐하면 무엇보다도 그것이 이야기의 주인공이 바이올린 하나 달랑 메고 방랑의 길을 떠나 백작의 성에서 청순하고 아름다운 여인을 만나 그녀를 가슴에 간직한 채 꿈과 동경의 나라 이탈리아를 여행하고 마침내 행복한 결혼에 이르는 이야기를 다루고 있기 때문이다. 그는 물론 아버지의 지적처럼 쓸모없는 건달 녀석(Taugenichts)일지도 모른다. 그러나 그에게는 젊은이 특유의 꿈과 낭만이 있었으며 그것으로 그는 남들이 경험하기 힘든 보다 넓고 아름답고 재미있는 세계를 경험할 수 있었을 것이다.

다른 많은 독일 낭만주의 소설들과는 달리 지나치게 환상적이고 괴기적이거나 혹은 꾸민 이야기 같은 느낌을 전혀 주지 않는, 매우 현실적이고 누구나 공감할 수 있으며 또한 매우 건전한 이야기를 다루고 있는 것이 이 작품의 특징이라고 할 수 있다. 그렇기 때문에 이 작품은 누가 언제 읽어도 재미있는 작품이 될 수 있었을 것이다.

독자는 본 역서의 많은 부분에서 번역문 특유의 어떤 감을 느낄 수 있을지도 모른다. 다년간 학교에서 아이헨도르프의 재미있는 이 작품을 교재로 썼던 역자는 앞으로 학생들이 공부하는 데 참고가 되었으면 하는 뜻에서 의도적으로 그것을 피하지 않았다.

원본으로 1976년도 레클람 판을 택하였음을 밝힌다. 끝으로 이 책의 출판을 위하여 공력을 아끼지 않았던 도서출판 황금알의 김영탁 대표께 고마움을 전하며, 편집진의 노고에 깊은 감사의 마음을 표한다.

2008년
태릉에서 역자

제 1 장

아버지의 물레방아는 윙윙 쐐쐐 소리를 내며 흥겹게 돌아가고 있었고 지붕에서는 눈이 녹아 끊임없이 방울져 떨어지고 있었다. 그 사이를 참새들이 재잘대며 날아다니고 있었다. 나는 문지방에 걸터앉아 아직도 잠이 덜 깬 눈을 비비고 있었다. 햇볕을 쬐며 그렇게 앉아 있노라니 나의 기분은 나쁘지 않았다. 바로 그때 아버지가 집안에서 나오셨다. 그분은 벌써 날이 새기 무섭게 물레방아에서 일하시느라 소란을 피우셨는데 머리에는 아직도 나이트캡을 비스듬히 쓰신 채 말씀하셨다.

"이 건달 놈아, 너는 또 햇볕을 쬐며 빈둥거리면서 모든 일은 애비에게나 맡기는구나. 나는 더 이상 너를 집에서 먹여 살릴 수 없다. 이제 봄이 왔으니 집을 나가 네 밥벌이를 찾아봐라."

그때 나는 말했다.

"제가 건달이라고요. 좋습니다. 저는 집을 나가 저의 행복을 찾아보겠습니다."

그러지 않아도 그것은 잘 된 일이었다. 왜냐하면 나는 바로 얼마 전부터 집을 나가 여행을 다닐 생각이었기 때문이다.

더우기 나는 가을과 겨울 동안 나의 창가에서 슬픈 가락으로 "농부여, 나를 먹여 살려 주시오, 나에게 일자리를 주세요!" 하며 노래 부르던 금방울새가 봄이 되자 오만방자한 자세로 신이 나서 "농부여, 직분을 다 하시오!"라고 노래하는 소리를 들었던 것이다.

나는 집안으로 들어가 내가 즐겨 연주했던 벽에 걸린 바이올린을 들고 나와 아버지가 여비로 주신 몇 닢의 동전을 받아들고 길게 뻗어있는 마을을 지나 어슬렁거리며 걸어 나왔다. 나는 내가 이렇게 넓은 세상으로 나가는 때에 길 옆 좌우에 내가 오래동안 알고 지내는 많은 사람들이 엊그제와 똑같이 일터로 나가 땅을 파고 갈면서 일하는 것을 보면서 혼자 즐거워했다.

나는 사방팔방으로 그 불쌍한 사람들을 향하여 자랑스럽고 느긋한 표정으로 잘 있으라고 인사를 하였으나 대부분사람들은 별로 들은 척도 하지 않았다. 나는 마치 영원토록 일요일을 만난 기분이었다. 마침내 나는 넓은 들판에 이르러 나의 귀중한 바이올린을 꺼내들고 신작로를 따라 걸으면서 노래를 불렀다:

하늘은 당신이 아끼는 자를,
먼 세상으로 보내,
당신의 기적을 보여주시네,
산과 숲, 강과 들에서.

집안에 쳐 박혀 있는 게으름뱅이,
아침의 상쾌함도 모르고,
아는 것은 다만 아기보기와,
빵 걱정뿐이네.

산 속에 시냇물 흐르고,
종달새 흥겹게 나는데,
나라고 노래 못 부르겠나
목 놓아 힘찬 가슴으로?

세상만사 하늘에 맡기세,
시냇물, 종달새, 숲과 들,
천지 만물 주관하는 당신,
내 인생도 돌보아 주시니!

그때 내가 뒤를 돌아보자 마침 아주 멋있는 마차 한 대가 나의 뒤를 바짝 따라 오고 있었다. 내가 흥겹게 노래 부르느라 눈치 채지 못하는 동안 그것이 매우 천천히 이동하고 또한 지체 높은 두 명의 부인이 마차에서 머리를 내밀고 나의 노래에 귀를 기울인 것으로 보아, 그 마차는 한참 동안 내 뒤를 바짝 따라온 것 같았다.

그런데 한 여자는 특별히 아름다웠고 다른 한 여자 보다 더 젊어 보였으나 솔직히 말해서 그 두 여자 모두 내 마음에 들었다. 내가 노래를 그치자 나이든 여자가 주위를 말리더니 나에게 다정하게 말했다.

"아이고 재미있는 분이시네. 노래를 참 잘 부르시네요."

나는 당당하게 대꾸했다.

"마님들을 위해서라면 더 잘 부를 수도 있습니다."

그러자 그 여자는 나에게 물었다.

"이른 아침에 어디를 그렇게 가시나요?"

나는 나 자신도 지금 어디로 가는지를 모르고 있었기 때문에 부끄러운 생각이 들었다. 그러나 나는 대담하게 말했다.

"비엔나로 갑니다."

그러자 그 두 사람은 내가 알아듣지 못하는 외국어로 이야기를 나누었다. 젊은 여자가 한두 번 머리를 젓자 나이 든 여자가 한참 웃더니 나에게 말했다.

"타세요, 우리도 비엔나로 가니까요."

나는 무척 기뻤다. 내가 머리 숙여 인사를 하고 단 번에 껑충 뛰어 마차에 오르자 마부가 채찍질을 하여 우리들은 날듯이, 귓가에 윙윙 소리가 날 정도로 신나게 훤한 도로를 따라 질주했다.

나의 등 뒤에서는 마을과 정원들, 그리고 교회 탑들이 사라지고 나의 눈앞에는 새로운 마을들과 성들과 산들이 나타났다. 발 밑에서는 논밭과 숲과 초원이 다채롭게 지나갔고 머리 위에서는 수많은 종달새들이 맑고 푸른 하늘에 날고 있었다. 나는 부끄러워 큰 소리를 지르지는 못했으나 속으로는 환호하였고 마차 위에서 발을 구르며 춤을 추었는데, 그러다 보니 내 팔 아래 두었던 바이올린이 어디로 갔는지 조차 모르게 되었다.

태양이 점점 더 높이 떠오르고 저 멀리 수평선에 뭉게구름이 솟아오르고 하늘과 들판의 삼라만상이 공허하고 날씨는 후덥지근하고, 또 하늘거리는 밀밭 위에 고요가 찾아왔을 때, 그 때 비로써 나는 나의 고향의 마을과 두고 온 아버지와 물레방아 생각이 났는데, 그것들은 아직도 그늘진 호숫가에 시원하고 아늑하게 놓인 채 나에게는 멀리 떨어져 있는 것처럼 보였다. 그때 나는 집에 돌아가야만 될 것 같은 이상야릇한 기분이 들었다. 나는 바이올린을 조끼와 저고리 사이에 끼워 놓고 많은 생각에 잠겨 마차의 발판에 주저앉은 채 잠이 들었다.

내가 눈을 떴을 때 마차는 몇 그루의 키가 큰 보리수나무 아래 한적하게 놓여 있었고 그 뒤에는 늘어선 기둥사이로 넓은 계단이 호화로운 저택에 이르고 있었다. 나무들 사이로 비스듬히 보니 비엔나 시의 건물 탑들이 눈에 들어왔다. 보아하니 그 귀부인들은 마차에서 내린 지 오래인 것 같았고 말들도 마차에서 풀려있었다. 나는 그렇게 졸지에 혼자 남아있게 되어 겁이 나서 성안으로 뛰어 들어갔는데, 그때 머리 위 창가에서 누군가 웃는 소리가 들렸다.

성안의 분위기는 나에게 이상하게 느껴졌다. 우선 내가 넓고 시원한 현관 안을 두리번거리며 돌아보자 누군가가 나의 어깨를 지팡이로 툭 쳤다. 내가 급히 뒤돌아보았을 때 거기에는 키가 큰 한 남자가 정장을 하고 서 있었는데 그는 금란전포로 된 탄띠를 엉덩이까지 늘어뜨려 걸치고 손에는 은빛 손잡이가 달린 지팡이를 들고 있었고 얼굴은 대단히 기다란 선제후의 코를 하고, 마치 깃을 한껏 부풀린 칠면조처럼 거만하고 의젓하게 서서 나에게 무슨 일로 여기에 왔느냐고 물었다. 나는 엉겁결에 겁도 나고 또 놀라워서 아무 말도 할 수 없었다. 이어서 여러 명의 하인들이 계단을 오르내렸는데 그들은 아무 말도 하지 않고 다만 나를 위아래로 쳐다보기만 했다. 그리고 나서 (내가 나중에 알게 되었지만) 시녀 한 사람이 나에게 다가 오더니 나보고 멋있는 남자라며, 성주님이 혹시 내가 여기서 정원사 조수로 일할 생각이 없는지 물으시더라고 말했다.

나는 조끼 주머니를 뒤져보았다. 내 돈이 웬 일인지, 마차 안에서 춤출 때 빠져 달아났는지 통 알 수는 없었지만, 하여튼 어디론가 사라져버리고 없었다. 이제 내가 가진 것이라고는 바이올린 연주뿐인데 그것도 아까 그 지팡이를 들고 있던 남자가 지나가면서 한 말로는 자기 같으면 내가 바이올린을 연주하더라도 나에겐 땡전 한 푼 주지 않겠다는 것이었다. 그래서 나는 마음이 불안한 나머지 시녀에게, 시선은 비스듬히 마치 탑시계의 추처럼 홀 안을 왔다 갔다 하다가 지금 마침 위엄 있고 위협적인 자세로 저쪽에서부터 다가오고 있는 그 무섭게 보이는 사람을 쳐다보면서 "그러죠." 라고 말했다. 마침내 정원사가 나타나서 무어라고 하인들과 농부들 욕을 하더니 나를 정원으로 데려갔는데, 그때 그는 나에게 길게 설교를 늘어놓았다. 내용인 즉 쓸데없이 이리 저리 돌아다니지 말고 밥벌이도 되지 않는, 아무짝에도 쓸모없는 재주 같은 것은 다 집어치우고 정신 바짝 차리고 부지런히 일해서 나중에 뭔가 될 수 있도록 하라는 이야기였다. 그 외에도 많은 재미있고 유익한 이야기가 있었지만 지금은 거의 다 잊어버렸다. 나는 어쩌다가 상황이 거기까지 발전하였는지 알 수 없었지만 하여튼 누가 뭐라든지 그저 "네." 라고만 대답했다. 왜냐하면 나는 나 자신이 날개에 물벼락을 맞은 새처럼 얼떨떨 했기 때문이다. 여하튼 이제 나는 다행이 밥걱정은 안 해도 되게 된 것이다.

정원에서의 생활은 살만 했고, 날마다 나는 뜨신 밥을 먹을 수 있었고 또한 돈도 술 마시기에 부족함이 없었으며, 다만 아쉬운 점이 있다면 일이 너무 많은 것이었다. 또한 사원과 정자와 녹색의 오솔길, 이 모든 것들은 내 마음에 쏙 들었다. 다만 내가 날마다 그곳에 오는 귀하신 남녀 분들과 마찬가지로 조용히 그곳을 거닐며 재치 있게 이야기 할 수만 있었다면 더할 나위 없이 좋았을 것이다.

정원사가 자리를 비워 내가 혼자 남아있을 때면 나는 작은 파이프를 꺼내들고 자리 잡고 앉아, 내가 만약 부인들과의 사교에 능한 세련된 기사로 나를 이 성으로 데려온 그 아름다운 젊은 귀부인과 이곳을 거닐게 된다면 어떤 즐거운 이야기로 그녀를 기쁘게 해 드릴 수 있을까 곰곰이 생각해 보곤 하였다. 그리고 무더운 여름날 오후, 다만 벌들의 윙윙거리는 소리만 들릴 정도로 조용한 때에, 나는 땅 바닥에 벌렁 누어서 나의 머리 위의 구름들이 고향 마을 쪽으로 흘러가는 것을 바라보거나, 풀과 꽃들이 이리 저리 나부끼는 것을 보며 그녀 생각에 빠지기도 했는데 그럴 때면, 가끔씩 그 아름다운 여자가 저 멀리 실제로 나타나서 기이타를 들거나 책을 한 권 들고 정원 사이를 지나가는 것이 보이곤 하였고, 그럴 때면 그녀의 모습은 마치 천사처럼 조용한 모습이었고, 키도 천사와 같았고 또한 그녀가 매우 다정하게 보여 나는 꿈인지 생시인지 알 수 없을 지경이었다. 그래서 나는 언젠가 정자 곁을 지나 일터로 갈 때 혼자서 다음과 같이

노래를 부르기도 하였다:

어디를 가나 어디를 보나,
들과 숲과 계곡,
산을 보고 하늘을 보아도,
내 눈에는 오직 아름다운 연인,
그대여 나의 인사를 받아주소서.

그때 나는 어둡고 시원하게 보이는 정자 안에 반쯤 열려져 있
는 블라인드와 그곳에 서 있는 꽃들 사이에, 반짝이는 아름답고
초롱초롱 빛나는 두 눈동자를 보았다. 나는 깜짝 놀라 더 이상
노래를 부르지 않고 뒤도 돌아보지 않은 채 일터로 갔다.

어느 날 저녁, 언젠가 그때는 토요일 오후였는데 나는 일요일
을 기다리는 즐거운 기분으로 바이올린을 들고 정자 안의 창가
에 서서 그 초롱초롱한 눈망울을 생각하고 있었는데 그 때 갑자
기 어둠을 뚫고 시녀가 나타났다.
"아름답고 자비로운 부인께서 당신의 건강을 기원하면서 드시
라고 이것을 보내셨어요. 그리고 저녁인사도 잊지 않으셨어요."
라고 말하더니 재빨리 포도주 한 병을 창가에 내려놓고 꽃과 덤

불 속으로, 마치 한 마리의 도마뱀처럼 사라졌다. 나는 오래 동안 그 포도주 병 옆에 서서, 이게 어찌된 일인가, 하고 어안이 벙벙한 상태에 있었다. 그때 나는 바이올린을 켜고 있었는데 이제 정식으로 바이올린을 연주하고 노래도 제대로 불렀으며, 특히 '아름다운 여인'의 노래와 그 외 내가 아는 모든 노래들을 밤 꾀꼬리가 모두 잠에서 깨어나고 정원 위 밤하늘에 달과 별들이 반짝이기 시작한 지 오래 될 때까지 힘차게 불렀다. 그때는 정말 아름다운 밤이었지!

다음날 내가 다시 파이프를 들고 정원에 앉아서 '어린 아이가 장차 무엇이 될지는 아무도 모르는 일', '눈먼 닭도 모이를 쪼을 수가 있는 법', '만사는 끝이 좋아야 하는 법', '뜻밖의 운수 대통일 수도 있는 법', '진인사 대천명' 등 여러 가지 격언들을 생각하면서 문득 나의 주위를 살펴보니, 나 자신이 영락없는 건달이라는 생각이 들었다. 그래서 나는 지금까지의 나의 습관과는 반대로 정원사나 다른 일꾼들이 몸을 꿈틀거리기도 전에 일찌감치 잠자리에서 일어났다. 그랬더니 집 밖의 정원은 정말로 아름다웠다. 꽃들과 분수와 장미의 숲, 그리고 정원 전체가 금과 보석처럼 아침햇살에 반짝이고 있었다. 그리고 키 큰 너도밤나무 가로수 길 위에서는, 마치 교회의 내부처럼 조용하고 서늘하며 경건한 분위기에서 새들이 날아다니거나 혹은 모래 위에서 모이를 쪼기도 하였다.

성 앞 아름다운 여자가 살고 있는 그 건물의 창문 아래에는 꽃이 만발한 작은 나무가 한 그루 서 있었다. 나는 이른 아침이면 늘 그곳으로 가서 나뭇가지 뒤에 몸을 숨기고 창문 쪽을 바라보았다. 나는 환하게 밝은 곳에 몸을 내 밀 용기가 없었던 것이다. 그러다가 갑자기 이 세상에서 가장 아름다운 그 여자가 아직 잠에서 덜 깬 모습으로 새하얀 여인의 옷차림으로 창가에 나타나는 것을 보았다. 그녀는 짙은 갈색 머리를 땋는 척 하다가 곧 아름답게 반짝이는 눈으로 덤불과 정원을 한 바퀴 휙 둘러보고, 창가에 서 있는 꽃들을 매만지거나 혹은 잡아매기도 하고, 또 그러다가는 곧 하얀 팔에 기이타를 들고 정원 위에 울려 퍼지도록 노래를 불렀는데, 지금도 그 노래들 중 어떤 노래가 내 기억 속에 떠오르면 나는 마음 한 구석 애절한 슬픔 때문에 가슴이 뭉클해지곤 한다.

아, 그러나 그 모든 것은 오래전의 이야기가 되었도다! 그러한 시간이 일주일 정도 지속되었다. 그런데 언젠가 한 번은 그녀가 다시 창가에 나와 섰을 때 주위가 모두 조용한데 그 때 재수 없게도 파리 한 마리가 나의 콧구멍으로 들어가 나는 계속해서 심한 재채기를 하지 않을 수 없었다. 그녀는 창 밖으로 몸을 내밀고 마침내 이 불쌍한 놈이 나무 뒤에 숨어있는 것을 보았다. 나는 부끄러워서 오래 동안 그곳에 다시 가지 못했다. 얼마 후 나는 다시 그것을 시도했는데 이번에는 창문이 굳게 닫혀 있었고, 그래서 나는 며칠이고 아침이면 그 나무 뒤에 가 앉아 있없으나 그 여자는 다시 창가에 나타나지 않았다. 그러자 나는 이제 인생이 지루하게 느껴져서 마음을 단단히 먹고 아침이면 날마다 담담한 마음으로 성의 모든 창문들을 따라 거닐었다. 그러나 그 아름답고 귀여운 여자는 결코 나타나지 않았다. 그 대신 나는 한 마장 쯤 떨어진 곳에 다른 여자가 창가에 서 있는 것을 보았다. 나는 그 전에는 그 여자를 자세히 볼 기회가 없었다. 지금 보니 그 여자는 정말 아름답게 혈색이 좋고 몸이 좀 난 편이며 마치 한 송이의 튜울립 꽃처럼 화려하고 거만하게 보였다. 나는 언제나 그 여자에게 깊숙이 머리 숙여 인사하였고 그럴 때마다 그 여자는 나에게 고마움의 표시로 고개를 끄덕여 보일 뿐만 아니라, 매우 다정한 눈길을 보내기도 했다. 나는 다만 딱 한 번 앞의 그 아름다운 여자도 본 것 같은데, 그 여자는 그때 창가의 커어튼 뒤에 서서 몸을 숨기고 밖을 내다보는 것 같았다.

그 후 내가 그녀를 다시 보지 못 한 채 여러 날이 지나갔다. 그녀는 더 이상 정원에 나오지도 않았고 더 이상 창가에 나타나지도 않았다. 정원사는 나를 게으름뱅이라고 욕하고 그래서 나는 기분이 언짢았으며 또한 내 자신이 부끄러워 바깥 세상에 얼씬거리고 싶지도 않게 되었다.

어느 일요일 오후 나는 정원에 누워 나의 파란 담배연기를 바라보던 중 내가 무슨 다른 기술을 배우지 못하여 노동자들의 휴일인 월요일을 기다리는 기쁨도 없음을 생각하고 은근히 화가

났다. 그때 다른 젊은이들은 모두 옷을 잘 차려 입고 근처 교외에 춤추러 가고 없었다. 모든 사람들은 날씨도 따뜻해서 일요일의 외출복 차림으로 밝은 색의 집들과 거리를 누비는 손풍금 사이를 흥청거리며 거닐고 있었다. 그러나 나는 외로운 연못가 갈대 숲에 사는 한 마리의 왜가리처럼 연못에 매어져 있는 조각배에 몸을 싣고 앉아 있었는데, 그때 저 멀리 시내에서 저녁 종소리가 정원을 가로질러 들려오고 있었고, 물 위에는 백조들이 한가로이 내 곁을 이리 저리 헤엄쳐 다니고 있었다. 나는 마음이 심란해서 죽을 지경이었다.

바로 그 때 멀리서 사람들의 목소리가 들려왔는데 보아하니 그 소리는 사람들이 즐겁게 웃으며 떠드는 소리였으며 그것은 점점 더 가까이 다가오고 있었는데, 이어서 빨강색과 흰색의 옷과 모자와 깃털이 수풀 사이에 번득이더니, 급기야 한 무리의 화사한 옷차림의 남녀가 성 쪽에서 초원을 가로질러 내 쪽으로 오고 있었으며, 그 속에는 내가 좋아하는 두 여자도 끼어 있었다. 나는 벌떡 일어나 도망치려고 하였는데 그 때 그 중 나이든 여자가 나를 알아보고 나에게, "아 마침 잘 되었네요, 우리를 태워서 연못을 건네주세요!" 라고 웃으면서 말했다. 여자들은 하나 둘 조심스럽게, 겁을 내면서 작은 배에 탔고 남자들은 여자들을 거들어 주었으며, 또한 그들은 자기들이 물을 별로 무서워하지 않는 척 뽐내기도 하였다. 곧 이어 여자들이 모두 난간 의자에 자리 잡았을 때 나는 배를 뭍에서 띄웠다. 그 때 맨 앞에서 있던 젊은 남자들 중 하나가 몰래 배를 흔들었다. 그러자 여자들은 겁이 나서 몸을 이리 저리 움직였고 또 어떤 여자는 소리를 지르기까지 했다. 손에 백합 한 송이를 들고 있던 내가 좋아하는 그 아름다운 여자는, 배의 난간에 바짝 다가앉아서 조용히 미소를 머금은 채 맑은 물결을 내려다보며 그것을 백합꽃으로 가볍게 저었다. 그 때 그 여자의 모습 전체가 물속에 비치는 구름과 나무 사이에 다시 한 번 보였는데, 그 모습은 마치 깊고 파란 하늘의 바닥을 가르고 지나가는 천사의 모습과 흡사했다.

내가 그 여자를 바라보고 있으려니 갑자기 나의 두 여자 중 성격이 쾌활한 뚱뚱한 여자가 나에게, 배를 타고 건너는 중에 노래를 한 곡 불러보라고 부탁하고 싶은 생각이 난 모양이었다. 그러자 그 여자 곁에 코에 안경을 걸치고 있던 멋있게 생긴 남자가 그 여자 쪽으로 몸을 휙 돌리더니 그녀의 손에 키스를 하고나서 말했다.

"야외에서 민중이 부르는 민요에 대한 당신의 기발한 생각에 감사드립니다. 그것은 바로 제대로 된 고원에서 부르는 고원의 들장미와 같은 것이지요. '소년의 마적'에 나오는 노래들은 모두 표본식물과 같은 것이고요. 야외에서의 민요가 진짜 민족의 얼이 들어있는 노래지요."

그러나 나는 거기에 있는 귀하신 분들께 어울리는 좋은 노래를 부를 수 없다고 말했다. 그랬더니 내가 그때까지 바로 내 옆에 두고도 몰랐던, 광주리에 접시와 병들을 가득 담아들고 있던 그 깝죽대는 시녀가 나서서 말했다.

"'아름다운 여인'이라는 노래를 잘 부르면서." 그러자 "그래요. 맞아요. 한 번 잘 불러 보세요." 라고 앞서의 그 숙녀가 말했다. 나는 얼굴이 빨개졌다. 그러자 내가 좋아하는 그 아름다운 여자도 갑자기 물을 바라보던 시선을 들어 나를 쳐다보았는데, 그때 나는 몸과 마음이 짜릿할 정도의 애절한 감정을 느꼈다. 나는 오래 생각할 것도 없이 마음을 단단히 먹고 가슴을 터놓고 힘차게 노래를 불렀다:

어디를 가나 어디를 보나,
들과 숲과 계곡,
산과 목장을 바라보아도,
내 눈에는 오직 아름다운 연인,
그대여, 나의 인사를 받아주소서.

꽃밭에서 꽃을 꺾어,
아름답고 예쁜 꽃으로,
정성껏 꽃다발을 만들어,
수많은 사연을 엮어,
인사와 함께 보냅니다.

그녀에게 직접 바칠 수는 없네,
너무도 고귀하고 아름다워서,
꽃들은 모두 시들어 버려도,
나의 애절한 사랑은 영원히,
가슴속에 남아 있네.

내가 신바람이 나서,
열심히 일하고,
가슴이 터져라,
땅을 파고 노래를 부르다 보면
어느덧 나의 인생도 끝나겠지.

   그 사이에 우리들은 뭍에 닿았고 남자들은 모두 내렸다. 남자들 중 몇 사람은, 내가 다 알고 있었지만, 내가 노래하는 동안에 여자들 앞에서 교활한 표정으로 수군거리면서 나를 조롱했다. 안경을 낀 남자는 떠날 때 나의 손을 잡고 무어라고 내가 알 수 없는 말을 했고 또한 내가 좋아하는 여자들 중 뚱뚱한 여자는 나를 매우 다정한 눈길로 쳐다보았다. 한편 내가 진짜 좋아하는 그 아름다운 여자는 내가 노래하는 동안 줄곧 시선을 아래로 깔고 있었으며 떠날 때는 아무 말도 하지 않았다. 나의 눈에는, 노래할 때도 그랬지만, 눈물이 고였고 가슴은 부끄러움과 슬픔으로 찢어지는 듯 했으며, 그 때 갑자기 나는 제정신이 들어 그녀가 얼마나 아름다운지, 내가 얼마나 불쌍한 놈이며 또한 얼마나 이 세상으로부터 조롱당하고 버림받고 있는지 깨닫게 되었다. 그들이 모두 숲 속으로 사라졌을 때 나는 참을 수가 없어서 풀밭에 몸을 던지고 쓰디쓴 눈물을 흘리고 말았다.

제 2 장

성에 딸린 정원에 바싹 붙어서 신작로가 달리고 있었는데 그
정원은 다만 높은 담벼락을 사이에 두고 그 도로와 분리되어 있
었다. 거기에는 빨간 기와지붕을 한 산뜻한 세관건물이 세워져
있었는데, 그 뒤에는 울타리가 다채로운 꽃나무로 된 작은 정원
이 있었고 그것은 성에 속한 정원의 담벼락 사이 갈라진 틈을
통하여 그 정원의 가장 그늘지고 가장 은밀한 부분과 맞닿아 있
었다. 마침 그곳에 기거하던 세관원 한 사람이 죽는 사고가 발
생했다. 그러던 중 어느 날 아침 일찍 내가 아직 깊은 잠에 빠져
있을 때, 성에서 일하는 서기 한 사람이 나에게 와서 성에서 근
무하는 행정사무관에게로 급히 가보라고 소리쳤다. 나는 급히
옷을 챙겨 입고 그 재미있는 서기의 뒤를 따라 어슬렁거리며 갔
는데, 그는 도중에 여기저기서 꽃을 꺾어 저고리에 꽂기도 하고
혹은 자기 지팡이로 칼싸움을 하듯이 허공을 찌르기도 하고 는
또 나에게 무어라고 바람결에 시부렁거리기도 하였는데, 나는

그때까지도 눈과 귀가 잠에서 깨어나지 않은 상태라서 그가 무슨 소리를 하는지 도무지 알아들을 수가 없었다.

내가 관청에 들어서자 사무실 내에는 아직 어둠이 깔려 있었으며 사무관은 커다란 잉크병과 서류뭉치들 뒤에 앉아서 멋있는 가발을 쓴 채 마치 둥지에 앉아있는 올빼미처럼 나를 쳐다보더니 말을 했다.

"이름이 뭔가? 고향이 어딘가? 글을 쓰고 읽고 셈을 할줄 아는가?"

내가 그렇다고 하자 그는 또 말을 했다.

"성주님께서 자네에게 자네가 품행이 훌륭하고 또 재주가 비상해서 지금 공석으로 있는 세관원 자리를 생각하고 계시다네."

나는 급히 나의 지금까지의 행동과 몸가짐에 대하여 생각해 보았는데 솔직히 말해서 나는 사무관의 말이 틀리지 않다는 점을 인정하지 않을 수 없었다. 그래서 나는 졸지에 의젓한 세관원이 되었던 것이다.

나는 곧 새 집으로 이사해 새 살림을 차렸다. 나는 죽은 세관원이 후임자에게 남기고 간 몇 가지 물건들도 발견하게 되었는데, 그 중에는 멋있는 노란색의 점이 박힌 빨간색의 실내용 가운과 녹색의 슬리퍼와 나이트캡, 그리고 몇 개의 대롱이 긴 파이프들이 있었다. 그 모든 것들은 내가 집에 있을 때, 우리 동네의 목사가 늘 그런 것들을 갖고 팔자 좋게 어슬렁거리며 거니는 것을 보았을 때부터 내가 갖고 싶어 했던 물건들이었다. 나는 별로 할 일이 없어서 하루 종일 실내용 가운 차림으로 나이트캡을 쓰고 나의 관사 앞 의자 위에 앉아서 죽은 전임 세관원이 남기고 간 긴 담뱃대를 빼끔거리며 말을 타거나 혹은 마차를 타거나 혹은 걸어서 가고 있는 거리의 사람들을 물끄러미 바라보았다.

　나는 다만 나더러 장차 별 볼일 없는 놈이 될 것이라고 말하던 우리 마을 사람들이 그곳을 지나가다가 그렇게 멋있게 앉아 있는 나의 모습을 보았으면 하고 생각했다. 실내용 가운은 나의 얼굴에 잘 어울렸다. 그리고 모든 것이 나의 마음을 흡족하게 하였다. 나는 그렇게 자리에 앉아 이런 저런 생각에 잠기기도 하였다. 예를 들어 모든 일은 시작이 어렵다든가, 혹은 사람의 지위가 높아지면 살기가 매우 편하다는 사실을 생각하며 이제는 여행도 그만하고 다른 사람들처럼 돈도 모아서 장차 큰 인물이 되리라고 마음먹기도 했다. 그러나 나는 그러한 결심뿐 아니라 여러 가지 걱정도 있었고 또한 업무에 신경 쓸 일도 많았지만 그렇다고 해서 나는 나의 연인, 그 아름다운 여자를 잊은 적은 결코 없었다.
　내가 나의 작은 밭에서 눈에 띄는 감자나 기타 채소들은 보는 족족 뽑아버리고 그 대신 거기에 아주 예쁜 꽃들만 골라 심었더니, 그것을 보고 내가 이곳에 와서 사는 날부터 나를 찾아와 이제 나의 친한 친구가 된 그 선제후의 코를 한 성의 문지기가 나를, 마치 갑자기 팔자가 좋아져서, 속된 말로 맛이 간 사람 취급을 하듯, 나를 꽤나 걱정이 되는 듯 비스듬한 눈빛으로 쳐다보았다.

그러나 나는 그런 것에 개의치 않았다. 왜냐하면 그때 내가 있는 곳에서 멀지 않은 성주의 정원 안에서 아름다운 여자의 목소리가 들려 왔는데, 숲이 우거져 있어서 아무도 보이지는 않았지만 그 중에는 내가 좋아하는 아름다운 여인의 목소리도 섞여 있는 것 같아 보였기 때문이다. 나는 날마다 내가 할 수 있는 한 가장 아름다운 꽃으로 꽃다발을 만들어 저녁이 되면 날이 어둡기가 무섭게 담을 넘어가 그 꽃다발을 정자 한 가운데 있는 돌로 된 탁자 위에 올려놓았다. 그런데 저녁마다 내가 새 꽃다발을 갖고 가 보면 먼저 것은 이미 사라지고 없었다.

어느 날 저녁인가 성주님의 가족들이 말을 타고 사냥을 나가고 없었다; 때마침 해는 저물어 가면서 온 대지를 찬란한 빛으로 덮고 있었으며, 다뉴브 강은 저 멀리 황금색으로, 혹은 타오르는 불꽃처럼, 굽이쳐 흐르고 있었고 산골짜기 마다에서는 포도밭에서 일하는 농부들이 즐겁게 노래를 부르거나 혹은 환호성을 지르기도 하였다.

나는 성문지기와 함께 집 앞의 작은 의자에 앉아서 훈훈한 공기를 마시며 즐거웠던 하루가 우리 앞에서 서서히 저물어가는 것을 느긋한 기분으로 지켜보고 있었다. 그때 갑자기 사냥에서 돌아오는 사냥꾼들의 피리소리가 멀리서 들려왔다. 그들은 마주보고 있는 산을 끼고 서로 정다운 목소리로 소리를 지르며 화답하였던 사람들이었다. 나는 마음속에서 우러나는 기쁨을 억누르지 못하고 자리에서 벌떡 일어나 미친 듯이 소리쳤다.

"그래 저것이 바로 나에게 맞는 직업이야, 저 멋있는 사냥 말이야!"

그러자 문지기는 묵묵히 파이프의 담뱃재를 털더니 말했다.

"자네는 그렇게 생각하나. 나도 그 짓을 해보았는데 신발창 값도 건지기 힘들다네. 게다가 기침과 코감기가 끊일 새가 없지. 왜냐면 발이 '영원히' 젖어 있으니까."

나는 그 때 갑자기 왠지는 모르겠으나 이상하게도 몸이 부들부들 떨릴 정도로 무서운 분노에 사로잡혔다. 갑자기 나에게는 그놈이 그의 꼴도 보기 싫은 외투와 그의 그 '영원한' 발모가지, 그의 훌쩍거리는 코담배, 그리고 그의 그 커다란 코빼기, 이런 것들이 모두 꼴도 보기 싫게 느껴졌다. 나는 미친 듯이 그의 가슴팍을 움켜잡고 말했다.

"이 문지기 놈아, 빨리 꺼져라, 그렇지 않으면 흠뻑 두들겨 패줄 테니!"

이 소리에 그 문지기는 나를 미친놈으로 보았던 먼저의 생각이 되살아난 모양이었다. 그는 나를 예사롭지 않은 표정으로 잔뜩 겁을 먹은 눈빛으로 쳐다보더니 한 마디 말도 없이 나에게서 몸을 빼고는 나를 힐끔힐끔 쳐다보며 뚜벅뚜벅 걸어서 성으로 돌아가서 숨을 헐떡거리며 사람들에게 내가 정말 미쳐 버렸다고 말했다. 나는 급기야 큰 소리로 웃지 않을 수 없었고 내가 또

늘 그렇듯이 그 정자 위에 꽃다발을 갖다 놓을 시간도 되었고 해서 그 약삭빠른 녀석과 헤어지게 된 것을 정말 잘 된 일이라고 생각했다.

나는 오늘도 급히 담을 넘어 그 돌 탁자로 다가갔다. 그런데 그때 약간 떨어진 곳에서 말발굽 울리는 소리가 들려왔다. 나는 몸을 피할 겨를이 없었다. 왜냐하면 나의 아름다운 그 귀하신 숙녀께서 몸소 녹색의 사냥복 차림으로 까딱까딱 흔들리는 깃털을 모자에 달고 천천히, 보아하니 무슨 깊은 생각에 빠지신 채 그 가로수 길을 따라 말을 타고 내려오고 있었기 때문이다. 그녀가 점점 더 가깝게 울려 퍼지는 피리소리와 키 큰 나무아래 명멸하는 저녁 초롱불 사이에 나타났을 때, 나는 마치 내가 아버지의 서재에서 아름다운 마겔로네의 이야기를 읽었을 때의 기분과 똑같은 기분에 빠졌다. 나는 꼼짝할 수가 없었다. 그 때 그 여자는 나를 보자 깜짝 놀라 엉겁결에 그 자리에 멈춰 섰다. 나는 겁도 나고 가슴이 떨리기도 하고 또 한편 기쁘기도 해서 마치 술 취한 사람처럼 얼떨떨했다.

그러나 그 여자가 어제 내가 갖다 놓은 꽃을 가슴에 꽂고 있는 것을 보고 더 이상 가만히 있을 수가 없어서 나는 정신없이 말했다.

"나의 아름답고 귀하신 분이시여, 이 꽃다발도 받아주세요, 그리고 나의 꽃밭에 있는 모든 꽃들도. 아, 나는 그대를 위해서라면 불 속에라도 뛰어들 수 있답니다!"

그녀는 처음에는 매우 진지한 눈빛으로, 아니 거의 화난 듯한 표정으로 나를 쳐다보아서 그때 나는 무언가 뼈 속까지 사무치는 애절한 기분을 느꼈다. 그리고 나서 그 여자는 내가 이야기하는 동안에 눈을 내리 깔고 가만히 듣고만 있었다. 그 때 덤불 속에서는 몇 사람이 말을 타고 가면서 이야기하는 소리가 들려왔다. 그러자 그 여자는 급히 나의 손에서 꽃다발을 낚아 채 가지고는 한 마디 말도 없이 가로수 길 저 편으로 사라졌다.

그날 저녁 이후 나는 더 이상 마음의 안정도 휴식도 없었다. 봄이 오면 언제나 그랬었던 것처럼, 이유는 알 수 없었지만, 어떤 커다란 행복이나 그 어떤 특별한 일이 내 앞에 일어날 것 같이 마음이 뒤숭숭하고 들뜬 기분이었다. 특히 그 지긋지긋한 계산은 더뎌졌고, 햇빛이 창문 앞에 서 있는 밤나무 가지 사이를 뚫고 녹색과 황금빛이 섞인 엷은 빛깔로 숫자 위를 비추며 이월고와 조월고 사이를 위 아래로 이동할 때면, 나는 정신이 어리어리 해져서 정말이지 셋까지도 셀 수 없을 것 같은 이상한 기분에 빠지기도 하였다. 왜냐하면 8자는 내가 좋아하는 뚱뚱한 여자가 넓은 두건을 쓰고 허리띠를 잘룩하게 맨 모습으로 보였으며, 보기 흉한 7자는 영원히 뒤를 가리키는 이정표처럼, 혹은 교수대처럼 보였기 때문이다. 가장 웃기는 것은 9자였는데 그것은 어떻게 보면 6자가 거꾸로 서있는 것 같이 보이기도 하였으며, 한 편 2자는 나에게 "너 불쌍한 껍데기야, 그러다가 장차 뭐가 되려고 하니? 그나마 이 날씬한 1자와 그 외 모든 숫자

놀이마저 없으면 너는 영원히 영락없는 껍데기 신세를 면치 못할 것이다"라고 말하며 질문을 던지는 건방진 의문부호처럼 보였다.

이제 나는 밖에 문 앞에 앉아 있는 것도 싫증이 났다. 나는 더 편하게 앉아 있기 위하여 등걸이 없는 긴 의자를 꺼내 놓고 그 위에 발을 올려놓고 전임 세관원의 소유였던 양산을 수선하여 마치 중국식 정자 모양으로 나의 머리 위에 펼쳐 썼다. 그러나 그것은 별 도움이 되지 않았다. 내가 앉아서 담배를 피우며 이것 저것 생각하면서 나의 주위를 둘러보니까 나의 다리는 권태롭게 더욱 길어지는 것 같았고, 하릴없이 빈둥거리다 보니 코는 점점 더 자라는 것처럼 느껴졌다. 그리고 때때로 날이 밝기도 전에, 특별 우편마차가 와서 내가 아직 잠에서 깨지 않은 채 서늘한 공기를 호흡하며 바깥으로 나가, 어둠 속에서, 다만 반짝이는 눈만 보이는 예쁜 얼굴이 호기심에 가득 찬 표정으로 차 밖으로 나와 나에게 아침인사를 하고, 마을에서는 여기저기서 이삭이 가볍게 흔들리는 밀밭 너머로 힘차게 우는 수탉들의 울음소리가 들려오면, 그리고 아침햇살을 받으며 일찍 깨어난 종달새들이 하늘높이 나는 것을 보면, 그리고 우편마부가 피리를 불면서 계속 달려가면, 나는 오래 동안 거기에 선 채로 달리는 마차의 뒤를 물끄러미 바라보았는데 그럴 때면, 나는 나도 곧바로 이곳을 버리고 멀리 멀리 여행을 떠나야 되겠다는 생각이 들었다.

나는 여전히 해가 지면 그 어두운 정자 안의 돌로 된 탁자 위에 꽃다발을 갖다 놓았다. 그러나 그것도 그날 저녁으로 끝이 났다. 이제 아무도 그것을 거들떠보는 사람이 없었다; 내가 아침 일찍이 가서 보면 꽃들은 어제 저녁과 똑같은 모습으로 놓여 있었고 그것들은 시들어 축 늘어진 머리 위에 이슬이 몇 방울 맺힌 채, 마치 울고 있는 듯, 매우 슬픈 표정으로 나를 쳐다보고 있었다. 그것을 보면 나의 마음은 매우 언짢았다. 그래서 나는 더 이상 꽃다발을 엮지 않았다. 나는 이제 나의 꽃밭에 잡초가 멋대로 자라고 꽃들도 바람이 불어 잎이 떨어질 때까지 피거나 말거나 내버려 두었다. 나의 마음도 나의 꽃밭처럼 거칠고 어수선하고 황량해졌던 것이다.

이러한 미묘한 시기에 언젠가 한번 내가 집에서 창가에 누워 울적한 기분으로 텅 빈 하늘을 바라보고 있을 때, 성에서 일하는 시녀가 길을 건너 총총 걸음으로 내게 다가왔다. 그녀는 나를 보자 곧바로 나에게로 향하여 창가에 와 멈춰 섰다.

"성주님께서 어제 여행에서 돌아오셨어요."

그녀는 급히 말했다.

"그래요?"

나는 놀란 표정으로 대꾸했다. 왜냐하면 나는 벌써 몇 주 전부터 아무것에도 신경을 쓰지 않았고 또한 성주님이 여행을 떠났던 사실조차 알지 못했기 때문이다.

"그러면 자비로운 성주님 따님께서 매우 기뻐셨겠네요."

시녀는 나를 이상한 눈빛으로 아래위로 훑어보았고 그래서 나는 내가 혹시 바보 같은 소리를 하지 않았나 곰곰이 생각해 보았다.

"뭘 모르시는군요."

그녀는 그렇게 말하고 그녀의 자그마한 코를 삐죽거리더니 계속해서 말했다.

"오늘 저녁에 성에서 성주님을 위한 무도회와 가면극이 열려요. 우리 마님께서도 여자 정원사로 분장하여 나오실 거예요. 잘 아시겠네요. 여자정원사 말이에요. 그분은 당신의 꽃밭의 예쁜 꽃들을 보셨어요."

나는 혼자서 그것 참 이상하다. 지금 꽃밭에는 잡초가 우거져서 꽃이라고는 없을 텐데 하고 생각했다. 그러나 그 여자는 계속해서 말했다.

"마님께서 자기의 옷에 맞는, 밭에서 직접 딴 싱싱한 꽃이 필요하기 때문에 당신이 오늘 저녁 날이 어두우면 꽃을 따서 성주님의 정원 안에 있는 배나무 아래로 오면 그분이 직접 오셔서 꽃을 받아 가신다고 말했어요."

나는 그 기쁜 소식에 아찔하여 황망히 창밖으로 뛰어나가 그녀에게 달려갔다.

"아이고 흉해라, 실내복 바람으로!"

그녀는 갑자기 내가 그러한 차림으로 밖에 나온 것을 보고 소리쳤다. 나는 화가 났다. 그래서 나도 점잖게만 있고 싶지는 않아서 몸을 멋있게 훌쩍 날려 재주넘기로 그녀에게 달려가 그녀를 잡아 키스를 하려고 했다. 그러나 재수 없게도 내 몸에 너무 긴 가운 자락이 나의 발에 걸려 나는 길바닥에 길게 나자빠지고 말았다. 내가 벌떡 일어났을 때 시녀는 벌써 멀리 가 있었고 나는 그녀가 허리를 잡고 깔깔대고 웃는 소리를 들을 수밖에 없었다.

그러나 이제 나에겐 어떤 의미 있고 축하할 만한 일이 생기고만 것이다. 그녀가 아직 나와 나의 꽃을 생각하고 있다니! 나는 나의 꽃밭으로 가서 급히 밭에 난 잡초들을 뽑아서, 마치 내가 모든 좋지 않은 일들과 우울증 같은 것을 뿌리 채 뽑아버리듯이, 희미한 공중을 향해 머리 위로 집어던졌다. 다시 장미꽃들은 그녀의 입처럼 느껴졌고 하늘같이 파란 색의 메꽃은 그녀의 눈과 같았고, 우울한 듯 머리 숙인 하얀 백합은 그녀의 모습과 흡사했다. 나는 그것들을 꺾어 모두 조심스럽게 작은 바구니에 담았다. 하늘에 구름 한 점 없는 조용하고 아름다운 저녁이었다. 하늘에는 벌써 별들이 하나 둘씩 떠 있었고 멀리서 다뉴브 강의 물소리가 들녘너머로 들려왔고, 내가 서있는 곳에서 멀지 않은 성주의 정원의 키 큰 나무숲에서는 수많은 새들이 즐겁게 노래하고 있었다. 아, 나는 그때 정말 행복했었지!

마침내 밤이 되어 나는 나의 작은 바구니를 팔에 끼고 그 큰 정원으로 갔다. 바구니 안에는 온갖 꽃들이 흰색과 빨강과 파란

색이, 그리고 향기도 듬뿍, 예쁘게 형형색색으로 섞여 있어서 그것을 들여다보는 나의 가슴은 기쁨으로 가득 찼다.

나는 행복감에 젖어 달빛이 아름답게 비치는 가운데 그 아래 백조들이 잠든 채 물위에 떠 있는 다리를 건너 아름다운 정자와 별장들을 지나 조용하고 깨끗하게 모래가 깔린 길을 걸어갔다. 나는 그 큰 배나무를 쉽게 찾았는데 그것은 내가 정원사 조수로 있을 때 무더운 날 오후면 때때로 그 아래로 와서 누워 있곤 했던 바로 그 나무였기 때문이다. 거기는 무척 한적하고 어두웠다. 다만 한 그루의 키 큰 백양나무가 은빛 나뭇잎을 속삭이듯 속절없이 팔랑거리고 있었다. 때때로 성안에서 댄스음악이 들려 왔다. 또한 이따금씩 정원에서 사람들의 목소리가 들려 왔는데 그것은 나에게 무척 가까이 들리다가는 또 갑자기 조용해지기도 하였다.

나의 가슴은 두근거렸다. 나는 내가 마치 누구의 물건을 훔치려고 하는 것처럼 마음이 떨리고 이상했다. 나는 오래 동안 숨을 죽이고 나무에 기대서 사방팔방으로 귀를 기울여 보았지만 아무도 오지 않아 더 이상 참을 수가 없게 되었다. 나는 바구니를 팔에 끼고 탁 트인 공간에서 숨을 쉬기 위하여 그 배나무 위로 기어 올라갔다.

위에 올라가 보니 이제 댄스음악이 나무의 우듬지를 넘어 제대로 들려 왔다. 정원 전체가 한 눈에 들어왔고, 그래서 나는 밝게 불 켜진 성의 창문 안도 내려다 볼 수 있게 되었다. 거기에는 샹들리에가 마치 별을 따서 만든 꽃다발처럼 천천히 흔들리고 있었고 아름답게 몸을 가꾼 수많은 신사숙녀가 마치 환영극에서처럼 물결치며 빙빙 돌아, 알아 볼 수 없도록 서로 엉켜 다채롭게 춤을 추고 있었고, 그 중 어떤 사람들은 창 밖으로 몸을 내밀어 정원을 내다보기도 하였다. 그러나 성 바로 앞에는 잔디밭과 크고 작은 나무들이 있었으며, 그것들은 홀에서 비치는 등불에 황금빛으로 변하여 마치 꽃들과 새들을 잠들지 못하도록 하는 것처럼 보였다. 그리고 그곳에서 멀리 있는 나의 주위와 나의 뒤에 있는 정원은 칠흑같이 어둡고 적막했다. 나는 혼자 나무 위에 앉아서 나 자신에게, "그녀는 지금 춤을 추고 있어, 그리고 그녀는 너와 너의 꽃을 잊은 지가 오래야, 모든 사람들은 즐기고 있으며 아무도 너에 대하여 생각하는 이는 없어. 언제나 어디서나 나는 그랬어. 누구나 다 이 세상에서 자기 자신의 자리를 확보하고 있고 따뜻한 난로와 커피와 마누라를 갖고 있으며 저녁에는 포도주 한 잔을 할 수 있고 그래서 모두 만족하게 살만한 거야. 그 문지기 녀석도 그 덩치에 잘 살고 있지. 그러나 나는 어디서나 헛일이었어. 나는 마치 이 세상이 나를 계산에 넣지 않은 것처럼 어디에서나 지각생이었어." 이렇게 생각했다.

내가 그런 생각에 빠져 있을 때 갑자기 아래 풀밭에서 부스럭거리는 소리가 들려왔다. 보아하니 두 사람의 여자의 목소리가 낮으막하게 가까이에서 이야기를 하고 있었다. 곧 이어 작은 나뭇가지들이 휘는 것 같더니 곧 시녀가 사방팔방으로 머리를 돌려 살피면서 그녀의 작은 얼굴을 나뭇잎들 사이로 내밀었다. 그녀가 위를 올려다보았을 때 그녀의 장난기 어린 눈매에 달빛이 비쳤다. 나는 숨을 죽이고 똑바로 아래를 내려다보았다. 얼마 되지 않아 어제 저녁에 시녀가 나에게 말했듯이 여자정원사가 나무 사이로 나타났다. 나의 가슴은 터질 듯 뛰었다. 그녀는 앞에 가면을 쓰고 있었고 내가 보기에 의아한 듯 자기가 있는 장소에서 두리번거리며 주위를 살펴보는 것 같았다. 그 때 나는 그녀가 그렇게 날씬하고 맵시 있게 보이지 않는 것 같이 느꼈다. 마침내 그녀는 나무에 아주 가까이 다가와서 가면을 벗었다. 그때 보니 그 여자는 실제로 나이든 다른 여자였다!

내가 처음에 놀랐지만 마음이 안정된 후 내가 이렇게 나무위에 안전하게 올라와 있는 사실에 대해서 얼마나 다행스럽게 생각했는지! 나는 혼자서 도대체 왜 그녀만 혼자 왔을까, 만약 그 사랑스럽고 아름다운 그녀가 꽃을 가지러 왔으면 얼마나 좋았을까? 하고 생각했다. 그랬으면 정말 재미있는 이야기가 될 텐데! 나는 급기야 일이 이렇게 된 사실에 대해서 울화가 치밀어 울고 싶은 심정이었다.

그 때 나무 아래서 정원사로 분장한 여자가 말했다.

"저기 저 홀 안은 숨이 막힐 정도로 더워. 나는 넓고 아름다운 자연 속에서 몸을 식히러 나오지 않을 수 없었어."

그러면서 그 여자는 계속해서 가면으로 부채질을 하여 바람을 일궜다. 나는 밝은 달빛 속에서 그녀의 목 언저리에 심줄이 부풀어 오른 것을 똑똑히 볼 수 있었다. 그녀는 화가 난 듯이 얼굴이 빨개져 있었다. 그런 중에도 시녀는 마치 잃어버린 바늘을 찾듯 풀 섶을 샅샅이 뒤졌다.

그 때, 여자 정원사는 계속 떠들었다.

"나는 그 친구가 어디에 숨어 있는지는 모르지만 하여튼 나의 가면에 꽂을 싱싱한 꽃이 꼭 있어야 해,"

시녀는 계속 뒤지면서 혼자서 몰래 킥킥거리고 있었다.

"로제테 양, 뭐라고 말했었어?"

여자 정원사가 따지듯이 물었다.

"나는 늘 말하듯이 그렇게 말했지요."

시녀는 그렇게 대꾸하고 매우 진지하고 믿음직스런 표정을 지었다.

"세금 징수원이라는 것들은 누구나 건달이에요. 그 친구는 틀림없이 풀 섶 어딘가에 누워서 잠을 자고 있을 거예요."

나는 아래로 뛰어 내려가 나의 체면을 유지하고 싶은 마음으로 온 몸이 들쑤시는 것 같았다. 그 때 갑자기 성에서 팀파니가 울려 퍼지고 음악소리와 시끄러운 소음이 함께 들려왔다. 그러자 여자 정원사는 더 이상 가만히 있지 못했다. 그 여자는 달갑지 않은 표정으로 "저기 사람들이 성주님에게 만세 의식을 행하는 구나, 가자 사람들이 우리를 찾을 거야!" 라고 말했다.

그리고 나서 그 여자는 가면을 쓰더니 화난 표정으로 시녀와 함께 성 쪽으로 걸어갔다. 그 때 크고 작은 나무들이 마치 기다란 코와 손가락처럼 이상야릇하게 그들의 뒤를 가리켰고 달빛은 마치 피아노 건반 위를 비추듯이 그녀의 굵은 허리를 위 아래로 빠르게 이동하면서 비췄고, 마침내 그녀는 내가 극장에서 가끔 보았던 여자 가수들처럼 트럼펫과 팀파니가 울리는 가운데 무대에서 사라졌다.

　그러나 나는 나무 위에 올라 앉아 나의 주위가 어떻게 되었는지 알 수 없어서 이제 시선을 성 쪽으로 고정시키고 앉았다. 왜냐하면 그 때 한 동아리의 커다란 내풍등들이 건물 아래쪽 입구에서 반짝이는 창문 너머로, 그리고 정원 깊숙이까지 이상야릇한 광선을 던지고 있었기 때문이었다. 그것은 다름 아닌 젊은 성주 부부에게 소야곡을 불러주는 하인들이었다. 그들 가운데에 장관처럼 화려한 옷차림을 한 문지기가 악보대 앞에 자리 잡고 앉아서 열심히 파곳 악기를 매만지고 있었다.
　내가 아름다운 소야곡을 경청하기 위하여 편하게 자리를 잡고 있으려니까 갑자기 위층 발코니에서 날개 대문이 열렸다. 그때 늠름하게 잘 생기고 번쩍이는 별들이 달린 제복을 입은 키가 큰 한 남자가 발코니에 나타났는데 그의 옆에는 하얀 색의 원피스를 입은 그 젊고 아름다운 여자가 마치 밤에 핀 백합처럼, 혹은 맑은 창공을 스쳐가는 달님처럼 서 있었다.
　나는 잠시도 그곳에서 시선을 뗄 수가 없었고, 그녀가 높은 곳에서 햇불의 조명을 받으며 날씬한 모습으로 서서 그 멋있게 생긴 장교와 애교가 넘치는 표정으로 이야기를 나누다가 다시 그 아래에 있는 악사들에게 정답게 고개를 끄덕여 보일 때 나에겐 정원과 나무들과 초원은 이제 안중에 없었다. 그 아래 서 있는 사람들은 기뻐서 어쩔 줄을 몰라 했고 나도 더 이상 그대로 있을 수가 없어서 마침내 목청껏 만세를 불렀다.

그러나 곧 이어서 그녀가 발코니에서 사라지고 그 아래 횃불들이 하나 둘 꺼지고 악보대가 치워지고 마침내 정원 주위가 다시 어두워져서 전처럼 쓸쓸하게 바람소리만 들릴 때 비로소 나는 모든 것을 알게 되었다. 그 때 갑자기 나는 나에게 꽃을 주문한 것은 다만 그녀의 숙모이고 그 아름다운 여자는 나를 조금도 생각하지 않으며 또한 그녀는 결혼한 지가 오래 되었으며, 따라서 나 혼자만이 바보짓을 하고 있다는 사실을 가슴으로 느끼게 되었다.

그 모든 사실은 나를 곧장 고뇌의 나락으로 빠뜨리고 말았다. 나는 마치 고슴도치처럼 내 생각의 가시 방호막 속에 나 자신을 가두었다. 성안에서는 아직도 댄스음악이 이따금 들려왔고 구름들만 어두운 정원 위를 외롭게 흘러갔다. 나는 밤 올빼미처럼 나무 위에 앉아 나의 행복의 폐허를 느끼며 밤을 지새웠다.

마침내 서늘한 아침공기가 나를 꿈의 세계에서 깨웠다. 나는 나의 주위를 돌아보고 놀랐다. 음악과 춤은 끝난 지 오래고 성안과 성 주위 잔디밭과 돌계단과 기둥 주위의 모든 것은 적막하고 서늘하게 느껴졌으며 엄숙하기까지 하였다. 다만 문 앞의 분수만이 한가로이, 그리고 하염없이 조용하게 물을 뿜어대고 있었다. 내 곁의 나뭇가지 사이에는 새들이 잠에서 깨어나서 아름다운 깃털을 털고 어린 날개를 펴면서 호기심에 찬 표정으로, 혹은 놀란 듯이 자기들의 이상한 잠동무를 쳐다보았다. 또한 화사한 아침햇살이 정원을 건너 나의 가슴을 비췄다. 나는 나무에서 몸을 일으켜 오랜 만에 처음으로, 제대로 넓은 대지를 바라보았다. 그 때 몇 척의 배가 다뉴브 강 위에 포도밭 사이를 끼고 떠가고 있었으며 희미하게 보이는 대지 위에 도로와 다리들이 저 멀리 산과 계곡을 넘어 달리고 있었다.

그 때 갑자기, 왜 그런지는 모르겠으나, 내가 전에 느꼈었던 여행을 떠나고 싶은 마음이 나를 엄습했다. 그것은 모두 해묵은 서글픔과 기쁨과 기대가 섞인 감정이었다. 그때 동시에 나에게는 그 아름다운 여인이 저 건너 성 안에서, 꽃들 사이에 아름다운 비단 이불을 덮고, 잠들어 있는 것 같은 생각이 들기도 하였다.

"아니야"

나는 소리쳤다.

"나는 이곳을 떠나야 해. 저 푸른 하늘까지 멀리 계속 가야 해!"

그 다음 나는 나의 작은 바구니를 높이 들어 그것을 공중으로 던져 버렸더니 꽃들이 나뭇가지 사이와 푸른 잔디 위에 다채롭게 널려 매우 아름답게 보였다. 그 다음 나는 급히 나무에서 내려와 조용한 정원을 지나 집으로 왔다. 가끔 나는 전에 내가 그녀를 한번 보았었고 또 그 그늘아래 누워서 그녀를 생각했던 장소에 와서 머물러 서 있기도 하였다.

나의 집안과 집 주위는 어제 내가 그곳을 떠날 때와 똑같아 보였다. 작은 꽃밭은 약탈당한 모습으로 황폐했으며 방안에는 세무장부가 펼쳐진 채 놓여 있었고 내가 거의 잊을 뻔 했던 바이올린은 먼지가 묻은 채 벽에 걸려 있었다. 그러나 맞은편 창문을 통하여 들어온 아침햇살이 마침 바이올린 줄 위에 비치고 있었다. 그것은 나의 마음을 기쁘게 했다.

"그래," 나는 말했다.

"이리 와라, 나의 충실한 악기야! 우리들의 나라는 여기가 아니야!"

그렇게 나는 벽에서 바이올린을 꺼내들고 세무장부와 실내용 가운과 슬리퍼, 파이프와 양산을 그대로 둔 채 올 때와 똑같은 가난한 모습으로 그 작은 집을 떠나 찬란한 국도로 나왔다. 나는 가끔 뒤를 돌아보았다. 그 때 나의 마음은 슬프기도 하고 한편 자기의 새장을 빠져 나온 새와 같이 매우 즐겁기도 하였다. 어느 정도 멀리 걸어 나와 나는 앞이 탁 트인 넓은 곳에 이르러 나의 바이올린을 꺼내들고 노래 불렀다:

세상만사 하늘에 맡기세,

시냇물, 종달새, 숲과 들,
천지만물 주관하는 당신,
내 인생도 돌보아 주시니!"

　성과 정원과 비엔나의 탑들은 이미 아침노을 속에 나의 뒤로
사라지고 나의 머리 위에서는 수많은 종달새가 하늘 높이 떠서
즐겁게 노래하고 있었다. 나도 이제 푸른 산과 즐거운 도시와
마을을 지나 이탈리아를 향하여 내려갔다.

제 3 장

그러나 일이 잘못 되었구나! 나는 내가 길을 잘 모르고 있다는 사실 자체에 대하여도 생각해 보지 않았던 것이다. 또한 이 조용한 아침시간에 내가 길을 물어 볼 수 있는 어떠한 인간도 눈에 띄지 않았다. 게다가 내가 있는 곳에서 멀지 않은 곳에 도로가 여러 갈래의 새로운 길로 나뉘고, 그것들은 다시 높은 산을 넘어 달려서 그것들이 마치 이 세상 끝에서 나오는 것 같이 보여 내가 물끄러미 앞을 내다보고 있으려니까 나는 심하게 현기증이 날 것 같았다.

마침내 한 농부가 길을 따라 걸어오고 있었다. 보아 하니 그는 오늘이 일요일인 것으로 미루어 교회에 가고 있는 모양이었다. 그는 커다란 은빛 단추가 달린 구식의 외투를 입고 있었고 멀리서도 햇빛에 번쩍이는 커다란 은빛 손잡이가 달린 긴 스페인 식 등나무 지팡이를 들고 있었다. 나는 그에게 대단히 정중하게 물었다.

"이탈리아로 가는 길이 어디에 있는지 가르쳐 주시겠습니까?"

농부는 멈춰 서서 나를 쳐다보더니 아래 입술을 삐죽 내밀고 한참 생각하다가 나를 다시 쳐다보았다. 그래서 나는 다시 말했다.

"네, 유자나무가 자라는 이탈리아 말입니다."

"아니 댁의 유자나무가 나와 무슨 상관이 있소!"

농부는 그렇게 말하고 다시 힘차게 걸어갔다. 그의 차림이 멀쩡하다고 내가 그 놈에게 지나치게 기대를 걸었던 모양이었다.

그렇다면 이제 어쩌나? 그럼 뒤로 돌아 고향으로 가야 할까나? 그곳에 가면 사람들이 나에게 손가락질을 할 것이고 아이들은 나에게 달려들며 "잘 왔네요. 세계여행을 마치고, 세상이 그래 어때요? 맛있는 후추과자라도 가져왔나요?"라고 말할 것이다. 세상사에 대하여 많은 지식을 갖고 있는 그 선제후 코를 한 문지기는 나에게 이따금 말했었다.

"귀하신 세무관 나리, 이탈리아는 무척 아름다운 나라랍니다. 거기서는 모든 일을 하나님께서 돌봐 주신답니다. 거기서는 사람들이 드러누워서 일광욕을 하더라도 저절로 건포도가 자라서 입안으로 들어오고 또 사람들이 독거미에 물리면 춤을 배워보지 않은 사람도 놀라울 정도로 유연하게 춤을 춘답니다."

"그래, 안 되지, 이탈리아로 가야 돼!"

나는 즐겁게 소리를 지르고 길이 여러 갈래 있다는 것도 생각하지 않고 무조건 발길 닿는 대로 길 위를 계속 걸어갔다.

한참 도로를 따라 가다가 나는 도로 오른쪽에 아침햇살이 나무 기둥과 우듬지 사이를 뚫고 비쳐서 잔디밭이 마치 황금 양탄자를 깐 것처럼 보이는 아주 아름다운 정원을 발견하였다. 사람이 보이지 않아 낮으막한 정원 울타리를 넘어 어떤 사과나무 아래에 있는 풀 위에 나는 편안하게 몸을 눕혔다. 왜냐하면 나는 어제 나무 위에서 불편하게 잠을 자서 온 몸이 쑤시고 아팠기 때문이다. 거기서는 먼 곳까지 볼 수 있었고 또 마침 그날이 일요일이었기 때문에 멀리서 종소리가 조용한 들판을 넘어 울려왔으며, 한편 옷을 잘 차려 입은 시골사람들이 초원과 수풀 사이로 교회를 향하여 걸어가고 있었다. 나의 마음은 즐거웠고 새들은 머리 위 나무에서 노래하고 있었으며, 나는 나의 고향의 물레방아와 그 아름답고 고귀한 부인의 정원을 머릿속에 그리며, 그것들이 모두 멀리 있다는 사실을 생각하다가 결국 잠이 들고 말았다. 그 때 나는 꿈을 꾸었는데 꿈속에서 그 아름다운 여인이 저 아래 멋있는 곳으로부터 나에게 걸어와, 혹은 실제로는 종소리 사이로 아침노을 속에 하얀 너울을 나부끼며 천천히 날아오는 것 같은 꿈을 꾸었다. 그러다가는 다시 우리들이 타향에 와 있는 것이 아니라 고향마을 물레방아 곁에, 어느 짙은 그늘 아래 와 있는 것 같이 느껴졌다. 그러나 마치 사람들이 모두 교회에 간 것처럼 나무 사이로 풍금 소리만 들리고 모든 주위가 고요하고 공허하게 느껴져 나의 가슴은 슬픔에 젖었다. 그러나 그 때 아름다운 여인은 친절하고 상냥하게 나의 손을 잡고 걸었으며 또한 계속해서 한가로이 그녀가 그전에 이른 아침마다 창문을 열어놓고 기이타에 맞춰 불렀던 그 아름다운 노래를 불렀다. 그 때 나는 고요한 연못에 비치는 그녀의 모습을 보았는데 그것은 보통 때 보다 훨씬 아름답게 보였지만, 그녀가 매우 큰 눈으로 나를 뚫어지게 쳐다보았기 때문에 나는 겁이 나기도 하였다. 그 때 갑자기 물레방아가 처음에는 천천히, 그러다가 갑자기 빠르고 힘차게 덜커덕 소리를 내면서 돌아가기 시작하였고 연못은 캄캄해져 물결이 일었으며, 한편 아름다운 여인은 얼굴이 완전히 창백해지고 그녀의 너울은 점점 더 길어져 마치 안개구름처럼 그 옷자락이 놀랍게 하늘 높이 펄럭였고 덜커덕 소리는 점점 더 커져서 마치 문지기가 그 사이에 그의 파곳을 부는 것처럼 느껴졌으며 바로 그 때 마침 나는 심하게 가슴이 뛰면서 잠에서 깨어났다.

보아하니 실제로 갑자기 바람이 사과나무 사이로 불어서 나에게 가볍게 다가왔다. 그러나 시끄럽게 덜거덕 소리를 냈던 것은 물레방아도 문지기도 아니라 앞에서 나에게 이탈리아로 가는 길을 가리켜 주려 하지 않았던 바로 그 농부였다. 그는 일요일의 외출복을 벗어 던지고 내 앞에 조끼 바람으로 서 있었다.

"그래,"

내가 눈을 비벼 잠을 쫓고 있을 때 그가 말했다.

"너는 교회에는 가지 않고 여기서 유자인지 탱자인지를 따면서 나의 풀밭을 다 망가뜨렸구나, 이 게으름뱅이 녀석 같으니라구."

나는 무엇보다도 그 못된 놈이 나를 잠에서 깨워서 무척 화가 났다. 나는 자리에서 벌떡 일어나 급하게 말했다.

"뭐, 이놈이 어디다 대고 함부로 욕을 해? 나는 너 같은 놈은 엄두도 내기 힘든 정원사와 세관원 나리 노릇도 한 몸이다. 너 같은 놈은 도시에서는 내 앞에서 그 때 묻은 나이트캡을 벗어야 했을 것이다. 하여튼 나는 집도 있었고 또한 노란 점이 박힌 실내용 가운도 있었다."

그러나 그 멍청한 놈은 그런 것에는 아랑곳하지 않고 옆구리에 팔짱을 끼고 퉁명스럽게 말했다.

"어랍쇼, 이놈이 도대체 왜 이러지? 덤벼봐 이놈아."

나는 그 때 그놈이 키가 작고 땅딸막하며 다리는 굽었고 게다가 앞으로 튀어나온 딱부리 눈과 빨갛고 구부러진 코를 갖고 있다는 사실을 알게 되었다. 그리고 그가 연방 "덤벼 봐, 덤벼 봐!" 하면서 나에게 계속해서 한 발짝씩 가까이 다가오자 나는 갑자기 이상한 공포감에 사로잡혀 자리에서 뻘떡 일어나서 울타리를 넘어 뒤도 돌아보지 않고 가방에 든 바이올린이 소리가 날 정도로 들판을 가로 질러 달렸다. 내가 숨을 돌리려고 멈춰 섰을 때 정원과 계곡은 더 이상 보이지 않았고 어느덧 나는 어느 아름다운 숲 속에 서있었다.

그러나 나는 그런 것에 신경 쓸 여유가 없었다. 왜냐하면 그

때 나는 은근히 그 소동과 그 녀석이 나에게 계속해서 반말을 한 것에 대하여 화가 났기 때문이다. 나는 오래 동안 혼자서 그 놈에게 욕을 해 주었다. 나는 여러 가지 생각을 하면서 계속해서 급히 걸어갔고 그럴수록 나는 도로에서 멀리 벗어나 깊은 산 속으로 들어서게 되었다. 내가 걸어왔던 숲길은 이제 끝이 났고 나의 앞에는 사람이 별로 다니지 않는 작은 오솔길이 나타났다. 주위에는 인적이 없었고 아무 소리도 들리지 않았다. 그러나 여하튼 그것은 걷기에는 좋은 길이었고 나무들은 바람결에 흔들리는 소리가 났으며 새들도 매우 아름답게 지저귀고 있었다. 나는 나 자신을 신의 인도에 맡긴 채 바이올린을 꺼내 이 고독한 숲 속에 즐겁게 울려 퍼지도록 내가 좋아하는 모든 노래들을 연주했다.

그러나 연주는 오래 지속되지 않았다. 왜냐하면 나는 계속해서 연주하다가 그 못된 나무뿌리에 채여 비틀거렸고 게다가 결국 배가 고프기 시작하였으며 또한 숲은 끝이 날 기미가 보이지 않았기 때문이다. 그래서 나는 하루 종일 길을 잃고 방황했는데 내가 마침내 주위가 산으로 뼁 둘러싸이고 수많은 나비들이 저녁노을 속에 날고 있는 빨갛고 노란 꽃들이 가득 찬 어느 작은 초원의 골짜기로 나왔을 때는, 이미 저물어 가는 해가 나무기둥 사이로 비치고 있을 때였다. 이곳은 마치 세상이 수백 마일이나 멀리 떨어져 있는 것 같이 느껴지는 한적한 곳이었다. 다만 여치들이 찌르륵 거리는 소리만 들려왔고 오직 한 사람의 목동이 키 큰 풀 섶에 누워 듣는 이가 설움으로 가슴이 찢어지도록 구성지게 피리를 불고 있었다. 나는 그 때 혼자 어느 놈은 팔자가 좋아 저렇게 게으름 피고 있는데, 나 같은 놈은 이렇게 타향을 헤매며 늘 편할 날이 없으니 참으로 딱한 노릇이군 하고 생각했다. 그 때 우리들 사이에는 내가 건널 수 없는 작은 개울이 있어서 나는 그에게 멀리 서서 가까운 마을이 어디에 있느냐고 물었다. 그러나 그는 막무가내였고 다만 풀 속에서 머리만 내밀고 피리로 숲의 반대쪽을 가리키더니 계속해서 아무 일 없었다는 듯 피리를 불었다. 나는 계속해서 열심히 걸었다. 왜냐하면 이미 날이 어둡기 시작했기 때문이다. 마지막 햇살이 숲속을 비칠 때 시끄럽던 새들이 갑자기 조용해지고 나 또한 숲의 바람 소리가 계속해서 적막하게 들려 마음이 불안해 지기 시작했다. 나는 더 빠르게 걸음을 재촉했고 숲은 점점 더 훤해 졌으며 이어서 나는 마지막 나무들 사이로 많은 어린이들이 떠들썩거리며 가운데에 서 있는 한 그루의 커다란 보리수나무 둘레에서 뛰어놀고 있는 아름다운 녹색의 광장을 보았다. 멀리 광장 한 쪽에 영업집이 하나 있었는데, 그 앞에서 몇 사람의 농부들이 테이블을 둘러 앉아 카드놀이를 하면서 담배를 피우고 있었다. 반대쪽 문 앞에는 사내아이들과 앞치마에 팔을 가린 계집아이들이 서늘한 공기를 마시며 이야기를 나누고 있었다.

나는 오래 생각할 것도 없이 가방에서 바이올린을 꺼내 숲에서 튀어나오면서 흥겨운 시골풍의 느린 왈츠 곡을 연주했다. 처녀들은 놀라는 표정이었고 노인들은 멀리 숲속까지 울려 퍼지도록 큰 소리로 껄껄 웃었다. 그러나 내가 그 보리수나무 곁으로 와서 거기에 등을 대고 계속 연주를 하자 좌우의 젊은이들은 자기들끼리 무어라 수군수군 귓속말을 주고받기 시작했으며, 마침내 사내아이들은 일요일에 피우는 담배 파이프를 집어치우고 각자 자기 파트너를 끌고나와 졸지에 나의 주위를 둘러싸고 멋있게 돌아가기 시작했으며, 개들은 짖어대고 옷자락은 펄럭였으며 또 어린 아이들은 나를 삥 둘러싸고 서서 신기한 듯이 나의 얼굴과 빠르게 움직이고 있는 나의 손가락을 바라보았다. 첫 번째 곡이 끝났을 때 나는 좋은 음악이 어떻게 사람을 움직이게 하는 가를 알 수 있었다. 파이프를 입에 물고 벤치에 앉아 길게 늘어져서 뻣뻣한 다리를 뻗치고 있던 시골 총각들은 갑자기 다른 사람이 된 듯 다채로운 색상의 손수건을 앞 단추 구멍에 끼워 길게 늘어뜨리고 재주를 넘으며 처녀들의 주위를 빙빙 돌아서 보는 이를 흥겹게 하였다. 그들 중 어떤 제법 껍죽대는 친구가 다른 사람들에게 보라는 듯이 자기의 조끼 주머니를 한참 뒤적거리다가 마침내 은화 한 닢을 꺼내서 나의 손에 쥐어주려고 하였다. 비록 나의 주머니가 텅 비어 있었지만 그것은 나를 화나게 하였다. 나는 그에게 내가 사람들을 다시 만나 기뻐서 음악을 연주하는 것이니 그 돈을 자기나 갖고 있으라고 말했다. 그러자 곧 이어 한 예쁜 아가씨가 커다란 포도주 잔을 들고 나에게 다가 왔다.

그녀는

"악사들은 술을 잘 드시지요" 라고 말하고 나에게 상냥하게 웃으며 그녀의 빨간 입술 사이로 진주같이 하얀 이를 반짝거려 나는 그녀의 입술에 키스하고 싶은 생각이 들었다. 그녀는 자기의 입을 포도주 잔에 갖다 대고 눈은 잔을 넘어 나를 향하여 빤짝거렸으며 이어서 그녀는 잔을 나에게 건네 주었다. 나는 그 잔을 바닥까지 비우고 다시 힘을 내서 모든 사람들이 나의 주위를 빙빙 돌도록 신나게 연주를 하였다. 노인들은 그러는 사이에 노름을 하다가 일어났으며 젊은이들도 또한 피로를 느끼기 시작하여 흩어졌고, 그러다보니 주위는 점점 조용해져 그 영업집 앞에는 아무도 없게 되었다. 또한 나에게 포도주를 갖다 준 아가씨도 마을을 향하여 걸어갔는데 그녀의 걸음걸이는 매우 느렸으며 그녀는 마치 무언가 잃어버린 듯 가끔 뒤를 돌아보았다. 마침내 그녀는 멈춰 서더니 땅위에 무언가 찾는 시늉을 하였다. 그러나 나는 그녀가 허리를 굽힐 때 그녀가 몸을 굽힌 팔 사이로 나를 쳐다보고 있다는 사실을 알았다. 나는 성에 있을 때 예의범절을 배워 알고 있었기 때문에 급히 그리로 뛰어가서 말했다.

"예쁜 아가씨, 뭐 잃어버린 게 있으십니까?"

"아, 아니예요. 장미 한 송이가 있어서 그러는데 그것을 드릴까요?"

그녀는 그렇게 말하고 얼굴이 홍당무가 되었다. 나는 그녀에

게 감사하고 그 장미꽃을 단추 구멍에 꽂았다. 그녀는 나를 대
단히 친근한 표정으로 바라보며 말했다.

"연주를 잘 하시더군요."

"네, 그래요, 그것은 신에게서 물려받은 재능이에요"

나는 그렇게 대꾸했다.

그녀는

"여기는 악사들이 별로 없어요." 라고 말하더니 갑자기 말을
끊고 시선을 아래로 깔았다.

"여기서 돈 좀 버실 수 있겠네요. 저의 아버지도 바이올린을
좀 켜시지요, 게다가 그분은 타 지역 이야기 듣기를 좋아하세
요. 그리고 저의 아버지는 부자예요."

그녀는 큰 소리로 웃고 나서 말했다.

"만약 댁이 머리를 바이올린에 댄 채 얼굴을 덜 찡그리고 연
주를 하면 더 좋을 텐데요!"

"귀여운 아가씨"

나는 대답했다.

"첫째로 부탁하지만 나를 늘 댁이라고 부르지 마세요, 그리고
머리를 떠는 것, 그것은 다름이 아닙니다. 우리 고향에서는 숙
달된 악사들은 모두 그렇게 연주해요."

"아 그래요!"

그 소녀가 대꾸했다. 그녀는 무언가 더 이야기하려고 했다.
그 때 갑자기 영업집 안에서 꽝 하는 소리가 들려왔고 문이 요

란한 소리와 함께 열리더니 몸이 깡마른 한 남자가 마치 격발된 방아쇠처럼 밖으로 튀어나왔으며 이어서 곧 그의 뒤에서 문이 닫혔다.

그 소녀는 첫 번째 꽝하는 소리가 났을 때 한 마리의 노루처럼 달아나서 어둠 속에 사라지고 없었다. 그러나 문 앞에 서있던 남자는 급히 땅 바닥에서 일어나 빠른 속도로 문 쪽을 향하여 매우 심하게 욕설을 퍼붓기 시작했다.

"뭐야!"

그는 소리쳤다.

"내가 취했다고? 지워버려, 지워버려! 어제까지만 해도 내가 너희들을 숟가락을 이용하여 코가 베어지도록, 숟가락이 두 동강이 나도록 면도를 해 주지 않았더냐? 면도도 한 잔 값이다. 숟가락도 한 잔 값이고 코에 바른 연고도 한 잔 값이 아니더냐? 얼마나 많은 술값을 받고 싶으냐? 그래 좋다, 내 이제 온 마을 놈들 면도를 해 주나 봐라. 이제 수염도 깎지 않은 채 돌아다녀라, 그래야지 하나님께서 너희들이 유태인 놈들인지 기독교를 믿는 놈들인지 알 수 없지! 이 텁수룩한 촌놈들아 수염도 깎지 않은 채 목매달아 뒈져라!"

여기서 그는 갑자기 매우 슬프게 훌쩍 거리더니 쨰지는 소리로 다시 애절하게 계속하여 떠들었다.

"나더러 물고기처럼 물만 마시라고? 그게 이웃사랑이냐? 내가 사람도 아니고 공부를 한 의사도 아니라고? 나 오늘 되게 핏

대나네. 나는 동정심과 인정이 많은 사람이다."

그 말과 함께, 그 집 안이 조용해지자, 그의 목소리도 차차 움츠러들었다. 그는 나를 보자 팔을 벌리고 나에게로 똑 바로 걸어와서, 나는 그 미친놈이 나를 껴안으려고 한다고 생각했다. 내가 옆으로 몸을 피하자 그는 계속해서 몸을 비틀거렸으며 그는 혼자서 캄캄한 중에 어떤 때는 거칠게 또 어떤 때는 작은 소리로 무어라고 중얼거렸다.

나의 머리에는 온갖 생각이 다 떠올랐다. 조금 전에 나에게 장미꽃을 갖다 준 처녀는 젊고 아름답고 게다가 부유한 집 딸이었다. 나는 그녀에게서 쉽게 행복을 찾을 수도 있었다. 그러면 나에게는 양과 돼지, 칠면조와 거위가 통째로 사과 찜을 곁들여 굴러온 격이다. 그 때 나는 바로 성의 문지기가 나에게 똑바로 걸어오는 것을 보는 것 같았다.

"세무사 나리, 기회가 생기면 놓치지 말고 꽉 잡아요! 젊어서 결혼한 것을 후회하는 사람은 아무도 없다오. 복 있는 놈이 장가들어 고향에 머물며 잘 먹고 잘 사는 것이라오."

그러한 온갖 철학적인 생각을 하면서 나는 돈도 없는 몸이라 영업집 문을 두드릴 엄두도 나지 않아 어느 한적한 곳에 있는 돌 위에 앉았다. 달은 훤하게 비치고 산속 숲에서는 고요한 밤에 바람소리가 들리며 저 멀리 깊은 계곡 나무와 달빛 속에 묻혀버린 듯 조용한 마을에서 개 짓는 소리가 들려왔다. 밤하늘을 바라보니 구름 몇 조각이 달빛을 가리며 흘러가고 있었고 이따금 저 먼 하늘에서 별똥이 떨어졌다. 그 때 나는 저 달은 아버지의 물레방아와 하얀 백작의 성에도 비치겠지 하고 생각했다. 거기도 모든 것이 조용해진 지가 오래겠지. 그 귀하신 분은 잠을 자고 있겠지. 그리고 정원의 분수와 나무들도 여전히 물소리, 바람소리를 내고 있겠지. 그러나 내가 그곳에 있든, 혹은 타향에 와 있든, 혹은 죽어버렸든 그것은 그들에게는 모두 다 관심 밖의 일이겠지. 그러자 갑자기 나에게는 이 세상이 끔찍스럽게도 멀고 또한 매우 커다랗게 느껴졌는데 이에 반하여 나는 그 속에 완전히 혼자 있는 것 같이 느껴져서 나는 마음속 깊은 곳에서부터 울고 싶은 기분이 치밀어 올랐다

내가 그렇게 계속해서 앉아 있을 때 갑자기 멀리 숲 속에서 말발굽 소리가 들려 왔다. 내가 숨을 죽이고 귀를 기울여 들어 보니 그 소리는 점점 가까이 들려 왔고 마침내 말의 콧숨 소리까지 들을 수 있었다. 곧 이어 두 명의 남자가 말을 타고 나무 아래 나타나 숲의 가장자리에 멈춰 서서 서로 무언가 급하게, 그리고 매우 진지하게 이야기를 주고 받았는데, 내가 갑자기 달빛이 비치는 마당에 드리운 그림자를 본 바에 의하면, 그들은 팔을 길게, 그리고 검게 뻗고 이곳 저곳을 가리키기도 하였다. 나는 얼마나 자주 돌아가신 어머니에게서 황량한 숲과 무시무시한 도적의 이야기를 듣고 나 혼자 몰래 그러한 이야기를 직접 체험해 보고 싶어 했던가.

그러나 나의 그러한 생각은 매우 어리석고 건방진 생각이었

다. 나는 내가 앉아 있었던 보리수나무에 바짝 몸을 붙이고 가능한 한 길게 몸을 뻗어 마침내 첫 번째 가지를 잡고 민첩하게 그 위로 몸을 날렸다. 그러나 그때 나의 몸은 겨우 반쯤 가지에 매달려서 나는 두 다리도 끌어당기려고 했다. 그러나 그 때 마침 그 들 중 한 사람이 나의 뒤에 있는 넓은 공터로 급히 걸어왔다. 나는 어두운 나무 숲 속에서 눈을 딱 감고 꼼짝도 하지 않았다.

나의 등 뒤에서

"게 누구요?" 하는 소리가 들려왔다.

나는 놀라서

"아무도 아니오"라고 있는 힘을 다해 소리쳐서 결국 나는 잡히고 말았다.

그러나 나는 은근히 그들이 나의 가방을 뒤지면 그들은 허탕을 칠 것이라는 생각이 나서 혼자 웃지 않을 수 없었다.

그 때 그 강도는

"어이 이 축 늘어진 두 다리는 누구 꺼야?"라고 말했다.

나는 어쩔 수가 없었다.

그래서 나는

"그것은 다름 아닌 길 잃은 악사의 것이요"라고 대꾸하고 급히 땅바닥으로 내려왔다.

왜냐하면 나 자신 마치 부러진 포크처럼 나무 위에 오래 걸려있는 것이 부끄러웠기 때문이었다.

내가 나무에서 갑자기 내려오자 그 사람의 말[馬]이 놀랐다.

그는 말의 목덜미를 두드려주고 웃으면서 말했다.

"우리들도 똑같이 길을 잃었다오. 이제 우리는 같은 동료가 되었구려. 나는 자네가 우리에게 B로 가는 길을 좀 가르쳐 줄 수 있다고 생각하는데. 자네는 물론 손해 볼게 없지."

나는 B가 어디에 있는지 모르므로 차라리 영업집에 가서 물어 보든지 아니면 그저 그 친구들을 내가 마을까지 안내해 줄 수는 있다고 말했으나 막무가내였다. 그 녀석은 도무지 말이 통하지 않았다. 그는 아무 말 없이 허리춤에서 달빛에 멋있게 번쩍이는 권총을 꺼내더니 권총의 총신을 문질러 닦다가는 곧 검사하는 듯이 그것을 자기의 눈에 갖다 대면서

"이친구야, 어서 앞장서서 B로 가는 것이 신상에 좋을 거야" 라고 말했다.

그때 나는 무언가 심상치 않다고 느꼈다. 내가 그 길을 가게 되면 나는 틀림없이 도적의 무리가 될 것이고 또한 내가 돈이 없으니까 매를 얻어맞게 될 것이고, 그리고 가지 않는다 해도 어차피 얻어맞을 것이다. 그래서 나는 오래 생각하지 않고 마을에서 그 영업집 옆으로 난 가장 좋은 길로 접어들었다. 그랬더니 그 기사는 급히 자기의 동료에게 달려가서 그와 함께 천천히 나의 뒤를 따라왔다. 결과적으로 우리들은 바보같이 모든 것을 운수에 맡기고 달빛이 휘황찬란한 밤 속을 걷게 되었다. 길은 숲 속 언덕바지 비탈길을 따라 이어졌다. 이따금 우리들은 아래에서부터 치솟아 올라 어둠 속에 서로 엉키어 있는 전나무

58

우듬지를 넘어 저 멀리 고요한 깊은 계곡을 내려다 볼 수 있었고, 이따금씩 밤 꾀꼬리의 노래 소리와 멀리 마을에서 개짓는 소리가 들려 왔다. 깊은 계곡에서는 냇물이 흐르는 소리가 들렸고 또한 그것은 밝은 달빛에 비쳐 빤짝거렸다. 그리고 단조로운 말발굽 소리와 나의 뒤에서 계속해서 무어라고 외국어로 지껄이는, 말 탄 두 괴한의 혼란스런 이야기, 그리고 밝은 달빛과 키 큰 나무의 그림자들이 교차적으로 두 괴한의 머리 위로 사라져 버려 그들이 어떤 때는 나에게 검게도 보였다가 다시 밝은 색으로도 보였고, 또한 작게도 보였다가 다시 거인같이 크게 보이게도 했다. 나는 마치 내가 깨어나지 못하는 꿈속을 헤매고 있다는 생각으로 정신이 몽롱했다. 나는 계속해서 힘차게 걸어갔다. 나는 결국 우리들은 밤을 헤치고 숲에서 빠져나오게 될 것이라고 생각했다.

마침내 하늘 위에는 여기 저기 기다랗고 붉으스레한 광채가 마치 거울 위에 입김을 불어넣을 때처럼 조용히 일어났으며 또한 벌써 종달새 한 마리가 고요한 골짜기 위에 높이 떠서 노래하고 있었다. 그러자 나의 마음은 우리가 서로 아침인사를 할 때 완전히 상쾌해져서 모든 공포는 말끔히 사라졌다. 그 두 명의 말 탄 사람은 기지개를 펴고 나서 사방을 둘러보더니 우리들이 길을 잘못 들었을지도 모른다는 사실을 감지한 것 같아 보였다. 그들은 다시 한참 지껄여댔는데 그 때 나는 그들 중 한 사람이 내가 혹시 그들을 숲속에서 헤매도록 끌고 다니는 노상강도

일지도 모른다고 생각하고 나를 두려워하는 것 같은 생각이 들었다. 나에게는 그것이 재미있게 보였다. 왜냐하면 날이 밝아옴에 따라 나는 더 용기가 났고 특히 우리가 그때 마침 훤한 숲속의 공터로 나와서 나는 더욱 용기가 생겼기 때문이다. 나는 급히 사방을 둘러보고 장난꾼 아이들이 서로 신호를 할 때 하듯 손가락 피리를 여러 차례 불었다.

"스톱!"

갑자기 그들 중 한 사람이 크게 소리를 질러 나는 깜짝 놀랐다. 보아 하니 그들은 말에서 내려 말들을 어느 나무에 매어두었다. 그 중 한 사람이 나에게 다가와 나의 얼굴을 빤히 쳐다보더니 갑자기 미친놈처럼 웃기 시작했다. 솔직히 말해서 나는 그 바보처럼 웃는 모습을 보고 화가 났다. 그러나 그는 말했다.

"그런데 말이야, 이 친구가 바로 그 정원사로군, 바로 그 성의 세관원 말이야!"

나는 놀라서 그를 쳐다보았으나 도무지 그를 본 기억이 나지 않았다. 실제로 내가 그 성에서 말을 타고 이리 저리 다니는 그 모든 젊은이들을 보기에는 나는 너무 할 일이 많았다. 그러나 그는 계속해서 웃었다.

"그거 참 잘 된 일이야! 자네 보아하니 별로 할 일이 없는 모양이군. 우리는 심부름꾼이 한 사람 필요하니 우리와 함께 있게, 그러면 자네는 하고 한날 팔자 늘어지네."

나는 무척 난감해서 나는 이탈리아로 여행을 가야 된다고 말했다.

"이탈리아로?!"

그 친구는 그렇게 대꾸하고

"바로 우리도 그리로 갈려고 하는 거야" 라고 말했다.

"만약 그렇다면!"

나는 기뻐 소리를 지르고 주머니에서 바이올린을 꺼내 그것을 숲 속의 새들이 잠에서 깨어날 정도로 신나게 연주했다. 그랬더니 그 남자는 다른 남자를 붙잡고 잔디 위에서 미친 듯이 덩실덩실 춤을 추었다. 그러더니 그들은 갑자기 멈춰 섰고 그중 한 사람이

"아이고 맙소사, 저기 B 시의 교회 탑이 보이네, 빨리 갑시다!"라고 소리쳤다.

그는 자기의 시계를 꺼내 그것을 반복 울리게 하더니 머리를 흔들다가 다시 그것을 울리게 하였다.

그러더니 그는

"아니야, 그렇게는 할 수 없지. 우리는 너무 일찍 도착하게 돼, 그러면 별로 안 좋을 거야!" 라고 말했다.

그 후에 그들은 말에서 케이크와 고기와 포도주 병을 꺼내 와서 그것들을 잔디 위에 예쁜 색의 보자기 위에 펼쳐 놓더니 그 위에 다리를 쭉 뻗고 앉아서 맛있게 먹다가 나에게도 푸짐하게 나누어 주어 나는 마침 며칠 간 제대로 식사를 못했던 터라 그것들을 맛있게 먹었다.

"자네 알고 있지,"

그 중 한 명이 나에게 말했다.

"그런데도 우리를 모른다고?"

나는 머리를 저었다.

"이제 알겠지, 나는 화가 레온하르트이고 저기 저 친구도 화
가인데 기도라고 불러"

나는 그 두 명의 화가들을 희미한 아침의 여명 속에서 좀 더
자세히 쳐다보았다. 레온하르트라는 남자는 키가 크고 몸이 날
씬했으며 갈색 머리에 눈이 서글서글하며 광채가 있었다. 다른
친구는 훨씬 젊고 어려 보였고 섬세하고, 문지기가 말한 바에
의하면, 구식 독일 풍으로 옷을 입고 있었으며 하얀 색의 칼라
에 목을 터놓은 스타일이었는데 그 목 주위까지 그의 짙은 고
수머리가 드리워져서 그는 가끔 예쁜 얼굴을 가리는 그 머리칼
을 머리를 저어서 뒤로 넘겨야만 했다. 이 친구는 아침식사를
배불리 먹은 후에 내가 내 곁에 땅 바닥에 놓아두었던 나의 바
이올린을 집어 들더니 그것을 들고 벌목이 된 나무 가지 그루
터기에 앉아서 손가락으로 두들겼다. 그리고 나서 그는 나의
가슴에 울려 퍼지도록 마치 숲 속의 새처럼 맑은 목소리로 노
래를 불렀다:

아침햇살이

안개 낀 고요한 계곡을 비치면,

숲과 언덕이 잠에서 깨어나 소리치네:

날 수 있는 자 날개를 펴라!

흥에 겨운 사람

모자 벗어 공중으로 던지며 소리 지르네:

'노래에 날개 달리니

나 또한 즐겁게 노래 부르자!

그때 밝으스레한 아침햇살이 그의 약간 창백해 보이는 얼굴
과 예쁘고 까만 눈가에 아름답게 비쳤다. 그러나 나는 무척 피
곤해서 그가 노래 부르는 동안에 노랫말과 곡이 점점 더 성가시
게 들렸고 그러다가 나는 마침내 잠이 깊이 들었다.

내가 다시 잠에서 깨어났을 때 마치 꿈속에서처럼 그 두 화가
가 내 곁에서 이야기를 하고 새들이 나의 머리 위에서 노래 부
르는 소리가 들렸으며 또한 아침햇살이 나의 감겨진 눈을 뚫고
희미하게 비쳐서 나에게는 마치 태양이 비단으로 된 너울 속을
통하여 비치는 것처럼 어둡게 느껴졌다.

"이 친구 되게 미남이군."

나의 옆에서 이탈리아 말로 외치는 소리가 들렸다. 나는 눈을

63

떠 그 젊은 화가를 쳐다보았는데 그 때 그는 화창한 아침햇살을
받으며 나의 머리 위에 몸을 구부린 채 서있었는데 그 때 늘어
뜨린 고수머리 사이로 그의 검고 커다란 두 눈망울만 보였다.

나는 급히 자리에서 벌떡 일어났다. 왜냐하면 때는 벌써 훤한
대낮이 되었기 때문이다. 레온하르트 씨는 뭔가 불만이 있는 듯
이마에 두 줄기 화난 듯한 표정의 주름을 잡고 급히 출발을 서
두르고 있었다. 그러나 다른 화가는 얼굴에 늘어진 고수머리를
뒤로 흔들어 젖히고 말을 매면서 조용하게 혼자 무슨 노래를 흥
얼거리고 있었고 마침내 레온하르트는 갑자기 큰 소리로 웃다
가 잔디 위에 서 있던 술병을 들어 남은 술을 잔에 따랐다.

"우리의 성공적인 도착을 기원하며"

그는 소리치고 잔을 부딪쳐 아름다운 쨍그렁 소리를 냈다. 그
리고 나서 레온하르트는 빈 술병을 아침하늘 높이 집어던지니
그것은 공중에서 멋있게 번쩍였다.

마침내 그들은 말에 올랐고 따라서 나도 새로운 기분으로 그
들 옆을 걸어 행군했다. 곧 우리들 앞에 거대한 계곡이 나타났
고 우리들은 그리로 내려갔다. 그곳에는 번쩍이는 불빛과 바람
소리와 시냇물 소리, 때로는 희미하게 깜빡이는 불빛과 환호성
이 있었다. 나는 마음이 시원하고 흥겨워져서 산 위에서부터 저
멀리 황홀한 대지로 훌쩍 날아가고 싶은 기분이었다.

제 4 장

　자 이제 고향의 물레방아와 백작의 성과 문지기도 안녕이구
나! 그리고 우리들은 모자에 바람 소리가 윙윙 울릴 정도로 신
나게 달려갔다. 좌우 양쪽에서 마을들이 사라지고 도시와 포도
밭들이 휙휙 지나가서 눈이 어질어질 할 정도였다. 나의 뒤에는
그 두 명의 화가들이 마차 안에 앉아있고 나의 앞에는 네 필의
말과 멋있는 우편마부가 앉아있고 나는 마부석에 높이 앉아 있
었는데 가끔씩 나의 몸은 공중으로 높이 튀어 오르는 것 같았
다. 여행은 그러한 식으로 진행되었다. 우리가 B 시에 도착했을
때 그곳에는 이미 키가 크고 몸이 마르고 신경질적으로 보이는
녹색의 양모 저고리를 입은 남자가 우리를 맞아 주었는데 그는
그 화가님들에게 계속해서 허리를 굽실거리면서 우리들을 마을
로 안내했다. 그곳에는 이미 우체국 앞 보리수나무 아래 네 마
리의 역마가 끄는 화려한 마차가 말이 매어진 채 서있었다. 레
온하르트 씨는 도중에 내가 너무 커서 옷이 몸에 맞지 않는다고

말했다. 그러더니 그는 그의 옷 가방에서 새 옷을 꺼내와 결국 나는 내 얼굴에 잘 어울리는 멋있는 새 연미복과 조끼를 얻어 입게 되었는데 그것은 나에게는 좀 길고 품이 넓어서 나의 몸을 휘감고 펄럭거렸다. 게다가 나는 모자도 새것을 얻어 쓰게 되었는데 그것은 마치 버터를 바른 듯이 햇볕에 반짝거렸다. 하여튼 그때 그 낯설고 신경질적으로 보이는 그 남자가 화가들의 말고삐를 잡아 화가들은 마차 안으로 들어가고 내가 마부석에 앉자 우리들은 곧 달렸으며 그때 아직 나이트캡을 쓰고 있던 우편마부가 창밖을 내다보았다. 그는 신나게 우편피리를 불었고 그러다 보니 우리들은 이탈리아로 들어가게 되었다.

나는 그 마차 위에서는 마치 공중을 나는 새처럼 멋있는 생활을 즐겼지만 나 스스로 날 필요는 없었다. 나는 밤낮 마부 석에 앉아 있거나 혹은 음식점에서 음식을 마차로 가져오는 것 외에는 할 일이 없었다. 왜냐하면 화가들은 말을 별로 하지 않고 마치 햇빛이 그들을 찌르려고 한다는 듯이 마차의 문을 닫고 그 안에 쳐 박혀 있었기 때문이다. 다만 때때로 기도 씨가 마차문 밖으로 그의 멋있게 생긴 머리를 내밀고 나와 재미있게 이야기하곤 했는데 그럴 때면 그는 그것을 못 마땅하게 생각하고 또한 긴 대화를 참지 못하는 레온하르트 씨를 놀려주기도 하였다. 한두 번 나는 나의 주인 때문에 기분이 언짢은 때가 있었다. 한 번은 내가 어느 별빛이 밝은 아름다운 밤에 마부석에 앉아 바이올린을 켜기 시작했을 때가 그랬고 또 한 번은 그 후 잠자다가 그랬다. 그러나 그 때는 정말 이상했다. 나는 이탈리아를 정말 제대로 구경하려고 마음먹었었고 그래서 나는 매 15분 간격으로 억지로 눈을 크게 떴었다. 그러나 내가 잠깐 동안 멍하니 앞을 바라보고 있자니까 열여섯 개의 말발굽이 내 앞에서 마치 그물망처럼 앞뒤로 혹은 옆으로 교차되면서 혼란스럽게, 혹은 헝클어지듯 움직여서 나는 놀라 눈이 휘둥그레졌다가 마침내는 도저히 참을 수 없는 깊은 잠에 빠지고 말았다. 나는 밤인지 낮인지도, 비가 오는지 햇빛이 비치는지도, 혹은 아직 티롤 지방인지 혹은 벌써 이탈리아에 왔는지도 모르는 채 좌우로 몸을 기우뚱거리다가 곧 뒤로 자빠져서 마차 바닥에 머리를 세게 박아서 모자가 벗겨져 날아가기도 하였고 또한 기도 씨는 마차 안에서 고함을 지르기도 하였다.

결국 우리들이 어느 시골의 여관 앞에서 마차를 세웠을 때는 나도 모르는 사이에 우리들이 이곳 사람들이 롬바르디아 라고 부르는 이국땅을 통과하여 한참 온 뒤였다. 근처의 역 마을에서 몇 시간 후에 떠나기로 우편역마들이 예약되었고 화가들은 거기서 내려서 특등 여관방으로 안내를 받아 그곳에서 휴식을 취하거나 편지를 썼다.

그러나 나는 신이 나서 곧바로 객실로 가서 조용하고 편안하게 음식을 먹고 마셨다. 그곳은 모든 것이 무척 느긋해 보였다. 아가씨들은 머리를 땋은 채, 목에 건 스카프가 아무렇게나 노란 살결 위에 풀린 채로 이리 저리 돌아다녔다. 둥근 테이블에는 이곳 남자 머슴들이 파란 색의 샤쓰를 입고 둘러 앉아 저녁 식사를 하면서 이따금 나를 옆에서부터 뚫어지게 쳐다보았다. 그들은 모두 짧고 큰 쪽을 찌고 있었는데 그 모습으로 그들은 마치 젊은 공자들처럼 고귀해 보였다. 나는 열심히 먹으면서, "너는 이제 이상한 사람들이 쥐덫과 기압계와 그림들을 가지고 우리나라의 신부님들을 찾아오는 그 나라에 마침내 왔구나" 하고 혼자 생각했다. 인간이 집을 떠나오면 무엇인들 구경 못하랴!

내가 식사를 하면서 그런 생각에 빠져 있을 때 지금까지 방안의 어두운 구석에서 포도주 잔을 놓고 앉아 있던 매우 키가 작은 남자가 마치 한 마리의 거미처럼 자기가 앉아있던 구석에서부터 갑자기 나에게로 다가 왔다. 그는 키가 매우 작고 게다가 꼽추 허리를 하고 있었으며 머리는 되게 큰 데다 코는 기다란 로마풍의 매부리코를 하고 있었고 얼굴에는 빨간 수염이 빈약하게 나 있었으며 더벅머리는 마치 태풍이 지나간 것처럼 머리 가운데로 치솟아 있었다. 게다가 그는 낡은 구식의 연미복을 입고 있었고 또한 플러시 기지로 된 짧은 바지를 입고 있었으며, 거기에다 노랗게 바랜 명주 스타킹을 신고 있었다. 그는 독일에 한 번 와 보았으며 놀랍게도 독일어를 잘 이해했다. 그는 내 곁에 다가 와 앉아 계속 코담배 냄새를 맡으면서 나에게 이것저것 물었다; 내가 하인인지, 또 언제 도착했는지, 우리가 로마로 가는지 등. 그러나 나 자신은 아무 것도 알지 못했고 더군다나 나는 그의 엉터리 짬뽕언어를 이해할 수 가 없었다.

나는 겁이 나서 마침내

"빨레 부 프랑쏴?" 하고 그에게 물었다.

그랬더니 그는 그 큰 머리를 가로 저었는데 그것은 나에게는 반가운 일이었다, 왜냐하면 나도 불어를 하지 못했기 때문이다. 그러나 그 모든 것이 소용이 없었다. 그는 나를 목표로 계속해서 질문을 던졌다. 우리가 이야기를 많이 하면 할수록 우리는 서로를 더 이해하지 못했으며 그러다가 마침내 우리들은 열이 올랐고, 그래서 나는 그 남자가 그 매부리코로 나를 쪼려고 하는 것 같은 생각마저 들었는데 그러는 중에 우리들의 혼란스러운 대화를 귀담아 듣고 있던 하녀가 우리를 보고 한바탕 크게 웃었다. 그러나 나는 급히 나이프와 포크를 내려놓고 곧 문 앞으로 걸어갔다. 왜냐하면 나에게 이 낯선 나라에서는 내가 독일어를 말하니까 마치 내가 수십 길 바다 속으로 빠지는 것 같이 느껴지고 또한 온갖 이름 모를 벌레들이 이 외로운 나의 주위에 우글거리고 바스락 거리며 또 나를 뚫어지게 쳐다보거나 혹은 나를 잡으려고 손을 뻗치는 것 같았기 때문이었다.

밖은 따뜻한 여름밤으로 골목길을 헤매기에는 안성맞춤이었다. 멀리 포도밭에서 농부들의 노래 소리가 들려왔고 이따금 멀리서 번개 불이 번쩍이는 것이 보였으며 또한 온 대지가 달빛 속에 떨면서 속삭이는 듯했다. 그런가 하면 한편으론 마치 집 앞에 서 있는 개암나무 숲 뒤로 어떤 키가 크고 검은 모습의 사람이 휙 지나가서 나무 가지 사이로 보이는 것 같더니 갑자기 아무렇지도 않은 듯 조용해지기도 했다. 바로 그 때 기도 씨가 여관집의 발코니에 나타났다. 그는 나를 보지 못한 채 그가 그 집에서 발견한 것이 분명한 치터를 솜씨 있게 연주하며 곁들여 마치 밤 꾀꼬리처럼 노래를 부르기도 하였다:

사람의 마음이 조용할 때면,
대지는 꿈꾸듯 바람소리 들리고,
아름다운 수목 속에
내 마음 알 수 없게,
옛날의 가벼운 슬픔이,
전율되어
번개처럼 가슴을 스치누나.

나는 너무나도 피곤해서 그 집 앞의 벤치에 몸을 길게 늘어뜨리고 깊은 잠에 들었기 때문에 그가 얼마나 더 노래를 불렀는지 알 수가 없다.

나의 꿈속으로 그렇게 흥겹게 불러대던 우편마차의 피리 소리가 나를 깨운 후 내가 정신이 들기까지는 벌써 몇 시간이 흘렀을 것이다. 내가 자리에서 벌떡 일어나니 벌써 동산에는 아침이 밝아오고 있었고 나는 온 몸에 아침의 냉기를 느꼈다. 그 때 나는 우리가 이 시간에 훨씬 더 멀리 가려고 했었던 것이 생각났다. 아하, 나는 오늘 사람들을 깨우고 또 웃기는 일이 나의 일이라는 생각이 떠올랐다. 만약 내가 밖에서 떠드는 소리를 들으면 기도 씨는 그 고수머리를 한 채 늦잠에서 깨어나 어떤 모습을 할까! 그래서 나는 정원으로 들어가서 그 남자들이 묵고 있는 집 창문 밑으로 바짝 다가가 어둠속에 목을 길게 빼고 다시 한 번 흥겹게 노래를 불렀다:

> 후투티 새가 울면,
> 아침이 밝아오겠지,
> 아침 해가 떠오르면,
> 단 잠은 더 꿀맛이겠지.

위층엔 창문은 열려있었지만 아직도 조용했고 다만 저녁바람만 창문까지 뻗쳐있는 포도넝쿨 사이로 산들거리고 있었다.

"아니, 왜 또 이 모양인가?"

나는 놀라서 그렇게 소리를 지르고 집 안으로 들어가 조용한 복도를 지나 그 방으로 질주했다. 그러나 그 때 나는 깜짝 놀라고 말았다. 왜냐하면 내가 문을 열자 방 안은 아무도 없이 텅 비었고, 연미복도 모자도 장화도 없었기 때문이다. 다만 기도 씨가 어제 연주했었던 치터만 벽에 걸려 있었고 방 가운데에 있는 테이블 위에는 돈이 가득 든 멋있는 지갑이 놓여 있었는데 그 위에는 종이쪽지가 붙어있었다. 나는 그것을 창가로 가지고 갔는데 그 때 나는 나의 눈을 의심하지 않을 수 없었다. 그 위에는 큰 글씨로: "세관원님을 위하여"라고 적혀 있었다.

그러나 그 멋있고 재미있는 분들을 다시 만나지 못한다면 이 모든 것이 무슨 소용이 있겠나? 나는 그 지갑을 나의 배낭 속에 깊숙이 넣었는데 그랬더니 그것은 마치 깊은 우물 속에 쑥 빠져 들어가는 것 같아서 나의 등허리가 제법 당기는 것처럼 느껴졌다. 그 후 나는 집 밖으로 나가서 법석을 떨면서 그 집 안의 모든 총각들과 처녀들을 깨웠다. 그들은 내가 왜 그러는지 몰라 나를 미친놈 이라고 생각했다. 그러나 그들은 위층의 방이 텅 비어있는 것을 알고는 적이 놀랐다. 내가 그녀의 손짓 발짓을 보고 이해한 바에 의하면 하녀 중 한 사람이 기도 씨가 어제 발코니에서 노래를 부르다가 갑자기 소리를 꽥 지르더니 자기 친구가 있는 방으로 급히 뛰어 들어가는 것을 보았다. 그 후 그녀는 밤에 자다가 깨어나서 밖에서 울리는 말발굽 소리를 들었다. 그녀는 작은 방의 창문을 통하여 밖을 내다보다가 어제 나와 이야기 했던 그 꼽추허리의 영감이 달빛 속에 백마를 타고 들판을 가로 질러 달리는 것을 보았는데 그가 말안장에서 몇 자 정도 높이 공중에 뜬 채 말을 몰아서 그 모습이 마치 세 발 달린 말을 타고 가는 도깨비 같이 보여, 그것을 보고 그 처녀는 성호를 그

72

었다는 것이다. 그 소리를 듣고 나는 어찌할 바를 몰랐다.

그러나 그 사이에도 우리의 마차는 출발준비가 된 채 문 앞에 서 있었고 우편배달부는 목이 터지라고 급하게 피리를 불었다. 왜냐하면 운행시간이 계획표에 몇 분까지도 다 정해져 있어서 그는 그 시간에 다음 역에 도착해야만 했기 때문이었다. 나는 다시 한 번 그'집을 한 바퀴 돌면서 그 화가들을 불러 보았으나 아무런 응답이 없었고, 다만 그 때 집 안의 모든 사람들이 나와 서 나를 쳐다보았으며 우편배달부는 투덜대고 말들은 가쁘게 숨을 몰아쉬었다. 그래서 내가 마침내 급히 마차를 타고 그 집 의 머슴아이가 나의 뒤에서 문을 닫아주고 또한 우편배달부가 말을 채찍질하여 드디어 나는 넓은 세상으로 계속 여행을 떠나 게 되었다.

제 5 장

우리들은 산과 계곡을 지나 밤낮없이 달렸다. 나는 정신을 가다듬을 겨를이 없었다. 왜냐하면 우리가 어딘가에 도착하면 말들은 벌써 떠날 준비로 마차에 매어져 있었기 때문이다. 나는 사람들과 이야기 할 수도 없었고 그 외에도 별다른 구실을 하지 못했다. 그리고 때때로 내가 음식점에서 기분 좋게 막 식사를 하려고 하면 우편마부는 벌써 피리를 불어서 나는 나이프와 포크를 집어던지고 급히 마차를 타야만 했다. 그러면서도 나는 내가 어디로 가는지, 그리고 왜 그렇게 급히 떠나야 되는지도 몰랐다.

그 외에 생활 자체는 그렇게 나쁘지는 않았다. 나는 마차의 구석에 마치 긴 안락의자 위에서처럼 이 구석 저 구석에 눕기도 하였고 또한 여러 곳의 사람들과 풍물을 알게도 되었고 그리고 또 우리들이 여러 도시의 시내를 통과하여 달릴 때는 나는 양팔을 마차의 창틀에 걸치고 그 위에 몸을 기댄 채 나에게 모자를 벗고 인사하는 사람들에게 감사를 표하거나 혹은 창가에서 늘 그렇듯이 놀란 표정으로 나를 호기심에 찬 눈으로 바라보는 아가씨들에게 마치 잘 아는 사이인 것처럼 인사를 하였다.

그러나 그러다가 나는 마침내 깜짝 놀라지 않을 수 없었다. 나는 내가 얻은 지갑 속의 돈을 세어보지도 않았고 또한 우편마차 값과 식당 음식 값으로 많은 돈을 지불해야만 했었는데 그러다 보니 졸지에 나의 지갑은 텅 비게 되었다. 나는 처음에 한적한 숲 속을 달릴 때 마차에서 뛰어내려 도망칠 생각도 했었다. 그러나 한편 내가 별일 없는 한 그것을 타고 이 세상 끝까지 여행할지도 모를 이 멋있는 마차를 그냥 홀로 떠나보내기도 안쓰러웠다.

그러던 중 내가 깊은 생각에 빠져 있는데 갑자기 마차가 도로에서 벗어나 옆길로 들어서서 나는 어찌할 바를 몰랐다. 나는 우편마부에게 도대체 어디로 가는 중이냐고 소리쳤다. 그러나 그는 내가 아무리 소리쳐도 막무가내였다. 그 녀석은 계속해서 다만 "알겠네, 이 사람아!" 라고 말하기만 하고 계속해서 아무렇게나 나무 그루터기와 돌바닥 위로 마차를 몰아 나는 마차 안에서 이리 저리 굴러야만 했다.

그 때 도저히 이해할 수 없는 일이 벌어졌다. 왜냐하면 도로가 마치 번쩍이는 불꽃으로 휘황찬란하게 빛나는 바다를 향해 달리듯이 저물어가는 태양을 향하여 찬란한 경치 위를 달리고 있었기 때문이다. 우리가 방향을 꺾어 접어든 측면에는 이미 어둠이 깔려 협곡들이 희미하게 보이는 산맥이 가로놓여 있었다. 우리들이 계속 달리면 달릴수록 그곳의 지형은 거칠고 을씨년스럽게 보였다. 마침내 구름 뒤에 달이 나타나더니 갑자기 나무들과 바위 사이를 흰하게 비춰 주위가 매우 무시무시하게 느껴졌다. 우리들은 가까스로 돌 협곡 안을 천천히 달리 수 있었고 단조롭게 계속해서 들리는 마차의 덜거덕 소리는 어두운 밤의 적막을 뚫고 돌 벽에 부딪쳐 울려 퍼져 마치 우리들이 커다란 묘혈 안으로 달려가는 것처럼 느껴졌다. 숲 속에서는, 눈에는 보이지는 않았지만, 멀리 있는 수많은 폭포의 물소리가 들려왔고 또한 올빼미들도 멀리서 "이리 와요, 이리 와요!" 하는 듯 울고 있었다. 그때 지금 보아하니 유니폼도 안 입고 또 우편마부도 아닌 마부가 한두 번 주위를 두리번거리며 훑어보더니 전보다 빨리 달리기 시작하는 것처럼 생각이 들었고, 이어서 내가 몸을 마차 밖으로 내밀자 갑자기 덤불 속에서 한 명의 기사가 바로 말 앞으로 튀어나와 길을 가로 질러 숲의 다른 방향으로 곧바로 사라져 버렸다. 나는 그때 깜짝 놀랐는데 그도 그럴 것이 내가 밝은 달빛에서 알아본 바에 의하면 그 기사는 다름 아닌, 음식점에서 매부리코로 나를 쪼아대던 바로 그 꼽추 등의 작은 남자가 백마를 탄 모습이었기 때문이다. 마부는 머리를 가로 젓고 큰 소리로 그 이상한 기사의 출현을 보고 웃더니 곧 나에게로 몸을 돌리고 뭐라고 한참 열심히 떠들었으나 유감스럽게도 나는 그가 무슨 소리를 하는지 하나도 알아들을 수가 없었고, 다만 그는 전보다 더 빨리 말을 몰았다 .

　그러나 곧 이어 멀리서 불빛이 반짝이는 것을 보고 나는 기뻤다. 그런데 그 불빛들은 점점 더 많아지더니 점점 더 크고 더 밝아졌으며 그러다가 마침내 우리들은 마치 바위 위에 제비집들처럼 걸려 있는 몇 채의 그을음에 그을린 오막살이집들 옆을 지나갔다. 더운 밤이었기 때문에 문들은 열려있었고, 그래서 나는 그 안에 불 켜진 방들과 마치 어두운 그림자처럼 아궁이 불 주위에 앉아 있는 온갖 너절한 건달들을 볼 수 있었다. 그러나 우리들은 어두운 밤의 적막을 뚫고 높은 산 위로 연결된 돌길을 향하여 달렸다. 그 좁은 협곡은 키가 큰 나무들과 축 늘어진 관목들로 덮여있는가 싶더니 곧 갑자기 창공이 보이기도 하고, 또 깊숙이 아래에는 산과 숲과 계곡으로 된 넓고 고요한 둥근 지형이 보이기도 했다. 또한 산꼭대기에는 탑이 많은 고성이 달빛을 받으며 서 있었다. "아 신의 뜻이겠지!" 나는 그렇게 소리치고 이 친구들이 나를 결국 어디로 데려갈지 모르지만 하여튼 막연한 기대 속에 마음속으로 느긋해져 있었다.

　반시간 남짓한 시간이 흐른 후에 우리들은 산 위의 성문 앞에 도착했다. 우리들은 윗부분이 낡아 허물어져 가는 넓고 둥근 탑 안으로 들어갔다. 마부는 말채찍을 세 번 힘차게 때려 그 소리가 이 고성 안에 울려 퍼져서, 그 안에 있던 놀란 까치 떼가 갑자기 모든 창문들과 갈라진 틈에서 나와 요란한 소리를 지르며 공중을 이리 저리 날아다녔다. 곧 이어서 마차가 길고 컴컴한 성문 길로 들어섰다. 말들은 말발굽으로 포도위에 불이 나게 달렸으며 그 때 한 마리의 커다란 개가 짖어대는 가운데 마차는 궁형의 벽 사이를 뚫고 달렸다. 그 사이에 까치들은 다시 한 번 소리치며 법석을 떨었고, 그러는 중 우리들은 요란을 떨면서 좁게 포장된 성 앞 마당에 도착했다.

일이 묘하게 되었군! 나는 마차가 섰을 때 혼자 생각했다. 마차의 문이 밖에서부터 열리고 키가 큰 한 남자가 자그마한 등을 들고 짙은 눈썹 아래로 불쾌한 표정을 지으며 나를 쳐다보았다. 그는 나의 팔을 잡더니 내가 마치 귀한 손님인양 마차에서 내리는 것을 부축해 주었다. 집 앞에는 매우 추하게 생긴 여자가 검은 저고리와 치마, 그리고 흰색의 앞치마를 입고 검은 두건을 쓰고 있었는데, 그 두건에서는 헝겊 쪼가리가 그녀의 코까지 늘어져 있었다. 그녀는 한쪽 엉덩이에 커다란 열쇠 꾸러미를 달고 있었고 손에는 불이 켜진 두개의 밀초가 든 고풍의 휴대용 등을 갖고 있었다. 그녀는 나를 보자 나에게 무릎을 꿇어 절하기 시작하였고 이어서 여러 가지 두서없는 질문을 하는 등 말을 많이 했다. 그러나 나는 하나도 알아들을 수 가 없었고 그래서 나는 계속해서 그녀에게 오른쪽 다리를 뒤로 끌며 하는 절로 답례했다. 그러나 나는 하여튼 무언가 께름한 기분이었다.

늙은 영감은 그 사이 등불로 마차의 구석구석을 비춰보고 나

서 아무 곳에도 트렁크나 그 외에 다른 보따리를 발견하지 못하
자 뭐라고 투덜대며 머리를 가로 젓기도 하였다. 그러자 마부는
나에게 팁을 요구하지도 않고 마차를 마당 한 옆에 문이 열려
있는 헛간 안으로 몰고 갔다. 그 때 할망구는 매우 정중하게 온
갖 몸짓으로 나더러 자기를 따라오라고 간청했다. 그녀는 밀초
를 들고 나를 길고 좁은 골목길과 작은 돌계단을 따라 인도했
다. 우리들이 그 집의 부엌 곁을 지나가자 두세 명의 처녀들이
마치 생전에 남자라고는 꼴도 보지 못한 듯이 호기심에 찬 표정
으로, 반쯤 열려진 문밖으로 머리를 내밀고 나를 쳐다보고 또
자기들 끼리 은밀하게 고개를 끄덕거리기도 했다. 그 노파는 마
침내 위층에 올라와서 문을 열었는데 그 때 나는 처음엔 무척
당황했다. 왜냐하면 거기에는 크고 아름다운 멋있는 천장에 황
금빛으로 치장한 훌륭한 방이 있었고 벽에는 온갖 인물들과 큰
꽃의 무늬가 있는 화려한 양탄자가 걸려있었기 때문이다. 방 한
가운데에는 구운 고기와 케이크와 샐러드, 과일과 포도주, 그리
고 잼이 식탁 위에 차려 있어서 보는 이의 마음을 매우 흡족하
게 하였다. 두 개의 창문 사이에는 커다란 거울이 방 바닥에서
천장까지 걸려 있었다.

솔직히 말해서 그것은 내 마음에 쏙 들었다. 나는 몸을 한두
번 쭉 펴고 나서 그 방안을 의젓하게 큰 걸음으로 왔다 갔다 하
였다. 그러나 나는 그 큰 거울 속에 나를 비춰보고 싶은 마음을
억누를 수가 없었다. 레온하르트 씨가 준 새 옷은 정말로 내 몸

에 잘 맞았고 또한 이탈리아에 와서 나의 눈은 정열적이 되었지만, 나 자신은 아직 집에서와 같이 소년티를 벗지 못했고 다만 윗입술에만 솜털이 나 있는 상태였다.

노파는 그러는 동안에 계속해서, 그 모습이 마치 기다랗게 축 늘어진 코끝으로 음식을 씹는 것처럼 이가 없는 입으로 음식을 씹는 시늉을 했다. 그리고 나서 그 노파는 나에게 앉으라고 권했고 이어서 그녀는 말라빠진 손가락으로 나의 턱을 쓰다듬었으며 나를 보고 "불쌍한 것!" 하면서 그녀의 입이 귀밑까지 올라가도록 장난기 어린 표정을 지으면서 빨갛게 충혈된 눈으로 나를 쳐다보고는 마침내 허리를 굽혀 인사를 하더니 문을 나갔다.

그러나 내가 차려진 식탁에 앉자 아주 어리고 예쁜 아가씨가 들어와서 내가 식사하는데 시중을 들었다. 나는 그녀와 온갖 재미있는 대화를 엮어나갔는데, 그녀는 나의 이야기를 이해하지 못하고 다만 내가 음식이 맛이 있어서 정말 맛있게 먹으니까 이상한 듯이 나를 계속해서 곁눈으로 쳐다보았다. 내가 배불리 식사를 마치고 일어서자 그 처녀는 식탁 위의 등불을 들고 나를 다른 방으로 안내했다. 거기에는 소파가 하나 있었고 하나의 작은 거울과 녹색의 비단으로 된 커어튼이 드리워진 멋있는 침대가 있었다. 나는 손짓으로 내가 그 안에 누워야 되는지를 물었다. 그녀는 고개를 끄덕이며 "그래요"라고 말했지만 실제로는 그것은 가능하지 않았다. 왜냐하면 그녀가 마치 못에 박힌 듯이 내 곁에 머물러 있었기 때문이다. 나는 마침내 식탁이 차려진 방에서 포도주를 한 잔 가져와 그녀에게 큰 소리로 말했다.

"팰리찌시마 노테!"

나는 이미 그 정도의 이탈리아어는 할 수 있었던 것이다. 그러나 내가 한 번에 잔을 비우자 그녀는 갑자기 킥킥대며 웃기 시작하더니 얼굴이 빨개져서 식탁이 있는 방으로 가서는 자기 뒤로 문을 닫아 버렸다. 웃을 일이 뭘까? 나는 도저히 이해할 수가 없어서 이곳 이탈리아 사람들은 약간 돈 사람들이라고 생각했다.

나는 이제 혹시 우편 마부가 나팔을 불지 않을까 하고 걱정을 했다. 나는 창가에 귀를 기울여 보았으나 밖은 아무 일 없이 조용했다. 불려면 불어보라지! 그렇게 생각하고 나는 옷을 벗고 그 멋있는 침대 속으로 들어가 누었다. 그 기분은 꿀과 우유 속을 헤엄치는 기분이었다. 마당에 서있는 해묵은 보리수나무는 창가에서 바람에 흔들리고 있었고 때때로 까치가 지붕 위에 날아올랐고, 그러는 중에 나는 마침내 느긋하게 잠이 들었다.

제 6 장

　내가 잠에서 깨어났을 때 아침햇살이 나의 머리 위 커어튼에 비치고 있었다. 나는 내가 지금 어디에 있는지 생각이 떠오르지 않았다. 나는 마치 내가 아직도 마차를 타고 가는 기분이었고 그리고 내가 마치 달빛 속에 있는 성과 늙은 마녀와 그리고 얼굴이 창백한 그녀의 작은 딸을 꿈꾸는 것 같았다.

　그러다가 나는 마침내 침대를 박차고 일어나 옷을 입고 방안에 서서 사방을 둘러보았다. 그러자 나는 내가 어제 보지 못했던 벽에 붙은 쪽문을 발견하였다. 그 문은 그저 걸려있는 상태였고 그래서 나는 그 문을 열어보았는데, 그랬더니 거기에는 아침햇살에 매우 아늑하게 보이는 작고 예쁜 방이 있었다. 거기에는 의자 위에 여자 옷이 아무렇게나 널려 있었고 그 옆에 있는 작은 침대에는 어제 내가 식사할 때 시중들던 그 소녀가 누워있었다. 그 여자는 아직 조용히 잠자고 있었고 머리를 맨 살의 하얀 팔위에 올려놓고 있었으며, 그녀의 검은 곱슬곱슬한 머리칼이 그 팔위에 흘러내리고 있었다. 문이 열려있는 것을 그녀가 알면 어쩌나! 나는 나 혼자에게 그렇게 말하고 나의 침실로 되돌아가서 그 소녀가 깨어나면 놀라거나 부끄러워하지 않도록 나의 등 뒤에서 문을 잠가버렸다.

밖에는 아무 소리도 나지 않았다. 다만 일찍 일어난 한 마리의 산새가 담벼락에서 자라서 나의 창문 앞에 서 있는 작은 나무위에 앉아 아침노래를 부르고 있었다. 나는 "네가 나에게 무안을 주고 또 혼자서 그렇게 일찍 열심히 신을 찬미하는데, 그러면 안 되지!"라고 말했다. 나는 급히 어제 식탁 위에 놓았던 바이올린을 꺼내 들고 밖으로 나갔다. 성 안은 아직 쥐 죽은 듯이 조용했고 나는 한참 후에야 어두운 골목길을 지나 훤한 길에 나왔다.

나는 성 앞에 다다라 커다란 정원 안에 들어서게 되었는데 그 정원은 한 쪽이 다른 쪽 보다 더 낮게 놓여 있는 넓은 테라스위에 산 중턱까지 뻗쳐 있었다. 그러나 하여튼 그것은 매우 아름답게 꾸며진 정원이었다. 통로 주위에는 키 큰 풀들이 자라 있었고 예술적인 모양의 너도밤나무들은 잘려지지 않은 채 마치 유령처럼 긴 코와 몇 길씩 되는 삐쭉삐쭉한 모자를 공중에 뻗치고 있어서 어둠 속에서 그것을 보면 절로 겁이 날 정도였다. 물이 말라버린 분수 위에 있는 몇 개의 조각품들 위에는 빨래들이 널려 있었고 정원 가운데에는 군데군데 배추가 심어져 있었으며 제법 꽃들도 가꿔져 있었는데, 이것들은 모두 정돈되지 않은 채 뒤섞여 크게 자란 잡초들로 덮여 있었고, 그 사이로 다채로운 색깔의 도마뱀들이 이리저리 꿈틀거리며 기어 다니고 있었다. 그러나 키가 크고 수십 년씩 묵은 나무들 사이로 여기 저기 한적하고 넓게 탁 트인 전경이 있었으며, 또한 산봉우리들이 시선이 미치는 한도 내에서 겹겹이 연결되어 있었다.

내가 새벽녘에 잠시 동안 그 황무지 같은 정원을 이리저리 돌아다녔을 때, 저 아래 있는 테라스 위에 키가 크고 몸이 야위고 창백해 보이는 한 청년이 긴 갈색의 두건이 달린 외투를 입고 팔짱을 낀 채 큰 발걸음으로 왔다 갔다 하는 것이 보였다. 그는 나를 보지 못한 척 하고 돌 벤치에 걸터앉더니 주머니에서 책을 한 권 꺼내서 마치 설교하는 듯이 큰 소리로 읽다가 가끔씩 하늘을 쳐다보다가 다시 몹시 우울한 표정으로 머리를 오른 손에 괴기도 하였다. 나는 오래 동안 그를 바라보다가 마침내 그가 왜 그렇게 얼굴을 찌푸리는지 궁금해서 급히 그에게로 다가 갔다. 그는 깊은 한숨을 쉬다가 내가 다가가니까 깜짝 놀라 자리에서 일어섰다. 그는 무척 난감해 하였고 나도 마찬가지였는데 그러다 보니 우리들은 무슨 말을 해야 할지 몰라 계속해서 서로 허리를 굽실거리며 절만 하였는데, 그러다가 그는 숲 속으로 뚜벅 뚜벅 걸어가더니 마침내 삼십육계 줄행랑을 쳤다. 그 사이에 태양이 숲 위에 떴고 나는 벤치로 달려가 나의 바이올린을 신나게 켰더니 그 소리가 고요한 골짜기에 울려 퍼졌다. 그 사이에 열쇠꾸러미를 갖고 있던 할머니가 아침식사를 하라고 나를 찾아 불안한 마음으로 온 성안을 뒤지다가, 마침내 나의 머리 위 테라스에 나타나서는 내가 멋있게 바이올린을 켜는 것을 보고는 놀랐다. 성에서 일하는 그 무뚝뚝한 영감도 나타나서 역시 놀랬으며, 마침내 아가씨들까지도 와서 놀란 표정으로 우두커니 서 있었으며, 그래서 나는 나의 깽깽이를 더욱 빠르게 그리고 더욱 기술적으로 다루었고, 또한 그때 나는 카덴짜와 변주곡을 지칠 때까지 쉬지 않고 연주하였다.

그러나 그 때 이상한 일이 성 안에 발생했다. 즉 아무도 더 이상 여행할 생각을 하지 않는 것이었다. 그 성도 영업집은 아니었고 내가 아가씨에게서 들은 바에 의하면 이 성은 어느 돈 많은 백작에 속한다는 것이었다. 내가 할머니에게 그 백작의 이름이 무엇인지, 그리고 어디에 살고 있는지를 물으면 그 할머니는 내가 이 성에 도착하던 그 날 저녁처럼 비식비식 웃거나 혹은 눈을 감거나 하다가 때로는, 마치 제 정신이 아닌 듯, 간교한 눈짓만 하였다. 내가 어느 무척 더운 날 포도주 한 병을 비우자 처녀들은 마치 자기들이 한 병을 더 가져올 듯이 킥킥대고 웃더니 내가 담배 생각이 나서 원하는 바를 손짓 발짓으로 표현하자 그들은 죽겠다고 웃어댔다. 그런데 그 때 어두운 밤이면 바로 나의 창문 아래서 들려오던 소야곡이 나에게는 가장 멋있게 느껴졌다. 그것은 이따금씩 들려오는 낮은 음의 기타 소리였다. 한번은 마치 아래서 "부스럭!" "부스럭!" 하는 소리가 들리는 것 같았다. 그래서 나는 급히 침대에서 일어나 창밖으로 머리를 내밀고 "여보시오, 아래에 누가 있어요?" 하고 소리를 질렀다. 그러나 아무도 대답하는 사람은 없었고 다만 무엇인가가 덤불을 헤치고 급히 도망가는 소리가 났다. 마당에 있던 큰 개가 나의 소리를 듣고 몇 번 짖어대더니 곧 다시 갑자기 조용해졌고 그후로는 그 소야곡 소리가 들리지 않았다.

그것을 제외하고는 이곳에서의 나의 생활은 더 없이 만족스러웠다. 그 사람 좋은 문지기가 이탈리아에서는 사람들이 가만히 있어도 건포도가 저절로 입으로 굴러들어온다고 늘 말했던 것이 허튼 소리는 아니었던 것이다. 나는 한적한 성 안에서 마치 마법에 걸린 왕자처럼 살았다. 내가 어디를 가든지 사람들은 내가 주머니에 땡전 한 푼 없다는 것을 알면서도 내 앞에서 공손히 고개 숙여 인사를 하였다. 나는 그저 "상을 차려라!" 라고 말하기만 하면 되었다. 그러면 곧 쌀밥과 포도주, 멜론과 파르메산 치즈 등 훌륭한 식사가 차려졌다. 나는 그것들을 맛있게 먹고 또한 호화로운 침대에서 잠을 잤으며 정원을 산책하고 음악을 연주하거나 때때로 정원 일을 돕기도 하였다. 때때로 나는 몇 시간이고 정원에서 크게 자란 풀 섶 사이에 누워있기도 하였고, 그럴 때면 그 날씬한 청년이(그 학생은 그 노파의 친척으로 지금 방학을 맞아 여기에 와 있었다) 긴 외투를 입고 커다란 원을 그리며 나의 주위를 이리 저리 왔다 갔다 하면서 마치 마술사처럼 책을 읽으며 무어라 중얼거렸는데, 그럴 때면 나는 언제나 그 소리를 듣다가 잠이 들곤 하였다. 그러는 중에 하루

하루가 지나고 나는 마침내 그 좋은 음식과 음료에도 싫증이 나기 시작했다. 그렇게 오래 동안 아무것도 하지 않고 지내자 마치 나의 온 몸이 게으름으로 풀려버릴 것처럼 사지가 나른해 지기도 했다.

그러던 중 나는 언젠가 매우 무더운 날 오후에 고요하고 깊은 계곡 위 경사면에 서있는 키 큰 나무의 꼭대기 가지 위에 앉아서 몸을 천천히 이리 저리 흔들고 있었다. 나의 주위의 나뭇잎 사이에서 벌들이 윙윙거리고 있었지만 주위는 죽은 듯이 고요했으며 산과 계곡 사이에는 한 사람도 눈에 띄지 않았고 저 아래 깊숙이 펼쳐진 풀밭에서는 우거진 수풀 사이로 소들이 한가로이 쉬고 있었다. 그 때 아주 먼 곳에서 우편마부의 피리 소리가 숲의 나무들을 넘어 들려왔는데 그 소리는 들릴락 말락 약했다가 곧 다시 맑고 분명하게 들리기도 하였다. 그 때 나는 내가 고향의 아버지의 물레방앗간에서 떠돌아다니는 기술도제에게서 배웠던 옛날 노래가 생각나서 그 노래를 불렀다:

외국을 여행하려면,
애인을 동반할지라.
모든 사람들이 환호성을 지르고 즐거워 하지만,
나그네는 언제나 외로운 신세라네.

너희들 검은 나무숲은,
옛날의 호시절을 아느냐?
아, 저 산 넘어 고향은,
멀기도 하구나!

차라리 저 별들을 바라보자,
그녀와 함께 있던 나 비춰주던 별들을,
밤 꾀꼬리 노래 소리 그립구나,
그녀의 문밖에서 노래하던.

아, 나의 기쁨, 밝은 해가 돋았도다!
아직 이른 새벽에 나는 오르리,
저 높은 산에,
정말 반갑구나, 나의 조국 독일이여!

그 때 나의 느낌은 마치 우편마차의 피리소리가 나의 노래에
맞춰 멀리서 들려오는 것 같았다. 내가 노래를 부르는 동안 산
의 경치가 점점 더 가까이 다가오더니 마침내 성안의 마당에서
울리는 방울 종소리가 들려왔다. 나는 급히 나무에서 뛰어내렸
다. 그 때 성에 사는 노파도 풀어헤친 보따리를 하나 들고 나에
게 다가왔다.

"당신한테 뭔가 온 게 있어요."

노파는 그렇게 말하고 나에게 보따리에서 작고 예쁜 편지를 꺼내 건네주었다. 겉봉엔 아무것도 쓰여 있지 않았지만 나는 급히 뜯어보았다. 그 때 나의 얼굴은 마치 한 송이 작약 꽃처럼 갑자기 붉어졌고, 나의 가슴은 그 노파가 알아볼 수 있을 정도로 심하게 뛰었다. 왜냐하면 그 편지는 내가 이전에 사무관실에서 많이 봤었던 그런 종류의 편지였고 또한 그것은 내가 사랑하는 그 아름다운 여자에게서 온 편지였기 때문이었다. 편지에 그녀는 매우 간단하게 썼다.

"모든 일이 잘 되었어요. 모든 어려움은 해결되었어요. 나는 마침 이 기회에 당신에게 기쁜 소식을 맨 먼저 전하게 되었어요. 서둘러서 빨리 오세요. 당신이 떠난 후 이곳은 매우 쓸쓸해져서 나는 더 이상 사는 재미가 없어요. 아우렐리."

나는 그것을 읽고 하도 기쁘고 놀라워서 눈이 뒤집힐 지경이었다. 나는 기분 나쁘게 얼굴을 찡그리고 있는 그 노파를 보기가 부끄러워서 마치 화살처럼 후미진 정원의 모퉁이로 도망쳤다. 거기서 나는 개암나무 숲에 몸을 던지고 그 편지를 다시 한 번 읽었으며 또한 혼자서 그 편지 내용을 계속해서 외우고 또 계속해서 읽었다. 그러다 보니 태양이 글자 위에 비쳐서 그 글자들이 나의 눈앞에서 마치 황금빛과 녹색, 그리고 빨강색의 꽃잎처럼 어른거렸다. 그녀는 아직 결혼하지 않았단 말인가?, 그럼 그 처음 보았던 장교는 그녀의 오빠였단 말인가, 혹은 그 동안에 그가 죽었는가? 혹은 내가 제 정신이 아닌가?

"여하튼 아무래도 좋다!"

나는 마침내 그렇게 소리치고 자리에서 벌떡 일어났다.

"여하튼 그녀가 나를 사랑하는 것은 분명해, 그녀가 나를 사랑하는 거야!"

내가 숲에서 나왔을 때 해는 저물어 가고 있었다. 하늘은 붉게 물들었고 숲에서 새들은 즐겁게 노래하고 있었으며, 골짜기마다에는 은은한 빛이 감돌았고, 나의 가슴은 기쁨과 즐거운 기분으로 가득 차 있었다.

나는 오늘 저녁식사는 정원으로 가져오라고 성 안의 사람들에게 큰 소리로 말했다. 노파와 그 까다로운 할아범과 하녀들, 모두가 나와서 나무 아래 차려진 식탁에 앉아야만 했다. 나는 바이올린을 꺼내 연주를 하면서 사이 사이 음식을 먹고 마셨다. 그러자 모두들 기분이 좋아졌고 영감은 보기 싫은 얼굴의 주름을 문지르며 계속 잔을 비웠고, 노파는 계속해서 무슨 얘기인지 지껄였고 처녀들은 잔디밭에서 어울려 춤을 추었다. 마지막으로 그 얼굴이 창백한 대학생이 호기심에 찬 표정으로 나타나 경멸 섞인 눈빛으로 그 광경을 바라보더니 아주 점잔을 빼며 자리를 뜨려고 하였다. 나는 자리에서 급히 일어나 그가 얼떨떨한 사이 그의 긴 외투자락을 잡고 그와 함께 멋지게 왈츠 춤을 추었다. 그러자 그는 힘을 내서 아주 멋있게 신식으로 춤을 추었으며 또한 계속해서 기술적으로 스텝을 밟아 마침내 그의 얼굴에 구슬땀이 흘렀고, 한편 그의 긴 외투자락은 마치 수레바퀴처럼 우리들 주위를 돌며 펄럭였다. 그 때 그는 나를 휘둥그레진 눈으로 이상하게 쳐다봐서 나는 겁이 나기 시작했고 그래서 나는 갑자기 그에게서 몸을 떼었다.

노파는 편지에 뭐가 쓰여 있기에 내가 그렇게 갑자기 기분이 좋아졌는지 알고 싶어 했다. 그러나 그것을 그 여자에게 일일이 설명하기에는 사연이 너무 길었다. 그래서 나는 그때 우리 머리 위에 하늘높이 날아가고 있는 두루미들을 가리키며 말했다.

"나도 저 새들처럼 계속해서 멀리 멀리 여행을 떠나야 할 것 같네요!"

그러자 그 여자는 물기 없이 메마른 눈을 크게 뜨고 마치 바실리스크 뱀처럼 나를 한번 쳐다보다가 곧 늙은 영감을 쳐다보다 하였다. 그 때 나는 내가 몸을 돌리기만 하면 그 두 사람이 얼굴을 맞대고 서로 열심히 이야기하고 그 때 마다 나의 옆얼굴을 쳐다보는 것을 눈치 챘다.

그것이 내 눈에 이상하게 보여서 나는 그들이 나에게 무슨 짓을 하려나 하고 곰곰이 생각해 보았다. 그러는 중에 나는 점점 말이 없어졌고, 해도 이미 진 지가 오래 되어서 나는 모두에게 저녁인사를 하고 생각에 잠긴 채 나의 방으로 올라갔다.

나는 마음속으로 기쁘기도 하고 또 마음이 안정이 되지 않아서 방안을 한참 동안 이리 저리 왔다 갔다 하였다. 밖에는 바람이 세차게 불어 검은 먹구름들은 성탑 위로 걸렸지만 날이 칠흑

같이 어두워 건너편 산봉우리는 보이지 않았다. 그 때 저 아래 정원에서 사람의 목소리가 들리는 듯하였다. 나는 방의 불을 끄고 몸을 창가에 바짝 붙였다. 목소리는 가까이 오는 것 같았지만 그들은 무척 나지막하게 서로 이야기하고 있었다. 갑자기 그 중 한 사람이 외투 밑에 들고 있던 초롱불이 기다란 그림자를 드리웠다. 나는 곧 그 흉한 성지기 영감과 성에서 살림을 맡아보는 그 노파를 알아보았다. 불빛은 그 늙은이들의 어느 때보다도 더 흉하게 보인 얼굴과 그들이 손에 들고 있던 긴 칼 위에 번쩍였다. 나는 그 때 그들이 나의 창문 쪽을 올려다보는 것을 눈치 챘다. 그 때 그 성지기 영감은 외투의 옷매무새를 고쳤고 또한 사방은 어둡고 고요해졌다.

나는, 아니 저 사람들이 이 시간에 밖에 정원에서 무슨 짓을 하려고 저러나, 하며 나 혼자 생각했다. 나는 몸이 오싹해졌다. 왜냐하면 그때 나의 머리 속에는 사람의 심장을 빼어먹기 위해 살인을 한다는 마녀와 강도에 관한 이야기 등 내가 생전에 들은 모든 살인사건의 이야기가 떠올랐기 때문이다. 내가 아직 생각에 빠져 있을 때 사람의 발자국 소리가 났는데, 그 소리는 처음엔 계단 위로 올라오더니 이어서 긴 복도를 조용히 걸어와 나의 방문 쪽으로 다가오는 듯했는데, 그때 이따금씩 사람들이 몰래 속삭이는 소리가 나는 것 같았다. 나는 급히 내 방의 반대쪽 끝에 있는 책상 뒤로 달려가 뭔가 움직이기만 하면 그것을 들고 문 쪽으로 달려가려고 했다. 그러나 나는 어둠 속에서 의자 하나를 쓰러뜨려 요란한 소리를 냈다. 그랬더니 갑자기 밖은 쥐죽은 듯 조용해 졌다. 나는 책상 뒤에서 문 쪽을 뚫어지게 쳐다보아 눈알이 머리 위로 튀어나올 지경이었다. 내가 잠시 동안 벽 언저리에 파리가 날아다니는 소리를 들을 정도로 숨을 죽이고 있으려니까, 누군가가 밖에서 매우 살며시 열쇠고리에 열쇠를 꽂는 소리가 들렸다. 내가 그때 막 탁자를 들고 달려가려고 하자 밖에서 그 사람은 문 열쇠를 세 번 돌리더니 그것을 조심스럽게 뽑고 나서 사뿐 사뿐 복도를 따라 조용히 계단을 내려갔다.

나는 마침내 숨을 돌렸다. 오호, 나는 생각했다. 그들이 너를 가둬 놓았구나. 내가 깊이 잠들면 자기들이 편해지려고. 나는 급히 문을 살펴보았다. 과연 문은 굳게 잠겨 있었다. 뿐만 아니라 그 예쁘고 얼굴이 창백한 아가씨가 잠자고 있는 방문도 잠겨 있었다. 내가 이 성에 온 후에 그러한 일은 한 번도 없었다.

내가 타국 땅에서 잡힌 몸이 되다니! 아름다운 나의 여인은 아마도 그녀의 창가에 서서 조용한 정원너머로 혹시 내가 바이올린을 들고 세관 건물을 지나 나타나지 않나 하고 한 길 쪽을 바라보고 있을 텐데, 그리고 구름은 하염없이 하늘 위에 흘러가며 시간은 자꾸 가는데 나는 이렇게 여기서 꼼짝도 못하다니! 아, 나의 가슴은 찢어지는 것 같은데 나는 무엇을 어떻게 해야 할지 모르겠으니. 그 때 나는 밖에서 바람결에 나뭇잎이 흔들리는 소리만 들려도, 혹은 땅바닥에 쥐새끼 소리만 들려도 마치 노파가 당장이라도 은밀한 덧문을 통해 몰래 방안으로 들어와서 망보고 있다가 긴 칼을 들고 방을 살며시 빠져나가는 것 같은 기분이 들었다.

내가 불안에 싸여 침대에 앉아 있을 때 오랫만에 갑자기 다시 나의 창문 아래서 소야곡 소리가 들려왔다. 처음 기이타 소리가 났을 때 나는 마치 아침 햇살이 갑자기 나의 영혼을 스치고 지나가는 기분이었다. 나는 창문을 열어젖히고 아래쪽을 향하여 내가 깨어 있다고 소리를 질렀다. 그랬더니 아래쪽에서는 부스럭 부스럭 하는 소리가 들렸다. 나는 오래 생각할 것도 없이 편지와 나의 바이올린을 챙기고 창문을 훌쩍 뛰어넘어, 담에 갈라진 틈 사이에 난 작은 나뭇가지를 손으로 움켜잡고 낡아서 허물어지는 담을 타고 내려갔다. 그러나 몇 군데 벽돌이 허물어져 나의 몸이 미끄러지는 바람에 나는 급히 아래 땅바닥에 양발을 디딘 채 머리통에서 삐걱 소리가 날 정도로 심하게 아래로 떨어졌다.

내가 이렇게 정원에 발을 내려놓자마자 누군가가 나를 갑자기 힘차게 끌어안아서 나는 기겁을 하고 소리를 질렀다. 그러자 그 사람 좋은 친구는 손가락으로 나의 입을 틀어막고 나의 손을 잡더니 나를 정원 밖으로 데리고 나갔다. 거기서 나는 그가 기이타를 비단으로 된 폭이 넓은 밴드에 매어 목에 걸고 있는 그 키 큰 대학생이라는 것을 알고 놀랐다. 나는 급히 내가 정원을 빠져 도망치려고 했다는 사실을 그에게 말했다. 그러나 그는 그 모든 사연을 이미 알고 있었던 것 같아 보였고, 또한 그는 나를 온갖 은밀한 통로를 통해 높은 담벼락 쪽에 있는 성문으로 데리고 갔다. 그러나 그곳의 문은 굳게 잠겨 있었다. 그렇지만 그 대학생은 이미 그것도 미리 짐작하고 있어서 커다란 열쇠를 꺼내더니 조심스럽게 문을 열었다.

우리들이 숲이 있는 곳으로 나와, 내가 그에게 시내로 통하는 가장 좋은 길을 물으려고 하자 그는 갑자기 내 앞에 무릎을 꿇더니 한 쪽 손을 공중으로 쳐들고 듣기에도 역겹게 무어라고 욕을 하기도 하고 다짐을 하기도 했다. 나는 그가 뭘 하는지 알 수 없었고 다만 나의 귀에는 "이디오"나 혹은 "쿠오레", 혹은 "아모레" 같은 소리만 들렸다. 그러나 그가 나중에 무릎을 꿇은 채 점점 더 나에게 가까이 다가와 나는 갑자기 겁이 나고 또한 그가 미친 놈 같아 보여 나는 뒤도 돌아보지 않고 수목이 울창한 숲 속으로 줄행랑을 쳤다.

그러자 뒤에서 그 대학생이 미친 듯이 외치는 소리가 들렸다. 그러자 곧 이어서 성에서 응답하는 거친 목소리도 들렸다. 나는 그들이 나를 찾을 것이라고 혼자 생각했다. 길은 모르겠고 또 때는 어두운 밤이라 나는 쉽게 그들의 손에 잡힐 것 같았다. 그래서 나는 키가 큰 전나무 위로 올라가서 때를 기다리기로 했다.

거기서 나는 성에서처럼 사람들의 목소리가 하나 둘 차례로 들려오는 것을 알았다. 여러 개의 초롱불이 위에 비치더니 그것들은 허물어진 성벽과, 멀리 산 위에서부터 어두운 밤 속으로 살벌한 붉은 빛을 던지고 있었다. 나는 나의 영혼을 신에게 맡겼다. 왜냐하면 그 때 사람들이 요란하게 지껄하는 소리가 점점 더 크게, 점점 더 가까이 다가오고 있었기 때문이다. 마침내 그 대학생이 횃불을 들고 나의 나무 곁을 외투자락을 바람에 크게 펄럭이며 지나갔다. 그러더니 그들 모두가 반대편 산등성이로 넘어가는 것 같았고 목소리도 점점 멀어졌으며 다시금 바람소리만이 고요한 숲 속에 들렸다. 그래서 나는 급히 나무에서 내려와 숨 가쁘게 계곡을 따라 밤새도록 달렸다.

제 7 장

　나는 밤낮으로 계속해서 달렸다. 왜냐하면 나는 오래 동안 그들이 산에서 내려와 소리를 지르며 횃불과 긴 칼을 들고 계속해서 나를 따라오는 것 같이 귀 속에서 윙윙거리는 소리가 들렸기 때문이다. 나는 도중에 내가 로마까지 겨우 몇 마일 남겨놓고 있다는 사실을 알게 되었다. 나는 무척 놀랄 정도로 기뻤다. 왜냐하면 나는 이미 고향에서 어렸을 때부터 멋있는 로마에 대해서 많은 놀라운 이야기들을 들었기 때문이다. 그리고 특히 내가 일요일 오후에 물레방아 앞 풀밭에 누워있을 때면, 그리고 온 주위가 고요할 때면 나는 혼자 생각으로 로마를, 아름다운 산들과 푸른 바닷가의 절벽, 황금빛 가운을 입은 천사들이 그 앞에서 노래하는 황금빛 성문과 높고 휘황찬란한 탑들과 함께 나의 머리 위를 흘러가는 구름처럼 생각했다. 내가 마침내 언덕을 따라 숲에서 나와 갑자기 저 멀리 그 도시가 내 앞에 나타난 것을 보았을 때는 이미 밤이 깊어 달빛 또한 휘영청 밝았다. 멀리서도 바다가 밝게 빛나고 있었고 하늘엔 무수한 별들이 눈부시게 반짝이고, 그 아래 그 성스러운 도시가 다만 긴 안개의 띠만 알아볼 수 있을 정도로 고요한 대지 위에 잠들어 있는, 한 마리의 사자처럼 놓여있었고, 그 옆에는 산들이 그 사자를 지키고 있는 검은 거인들처럼 서 있었다.

나는 먼저 마치 무덤처럼 회색빛의 고요하고 넓고 한적한 들판으로 갔다. 그곳에는 여기저기에, 다만 허물어진 성벽의 잔해와 메마르고 이상하게 비비꼬인 작은 나무들만 이따금씩 서 있었다. 때때로 불나방들이 날아다녔고 내 곁에는 나 자신의 그림자만 길게, 그리고 외롭게 드리워져 있었다. 사람들은 여기에는 어떤 옛날 도시가 비너스와 함께 묻혀 있으며 또한 여기에서는 때때로 고대의 이교도들이 무덤에서 나와 적막한 밤에 황야를 거닐다가 지나가는 나그네를 놀라게 한다고 말하고 있었다. 그렇지만 나는 계속해서 곧장 걸어갔으며 아무 것에도 신경 쓰지 않았다. 왜냐하면 그 도시는 점점 더 분명하고 화려하게 내 앞에 나타났으며 높은 성과 성문들, 그리고 황금빛 둥근 지붕들은 밝은 달빛을 받아서 마치 실제로 천사들이 황금빛 의상을 걸치고 성첩에 서서 고요한 밤하늘에 노래를 부르고 있는 것처럼 번쩍거렸기 때문이다.

마침내 나는 우선 작은 건물들을 지나 어떤 멋있는 성문을 통과하여, 그 유명한 도시 로마로 들어갔다. 때마침 달이 대낮처럼 궁궐사이에 비췄지만 거리는 이미 한적했으며 여기 저기 넝

마주이 같은 놈들이 날씨가 따뜻한 야밤에 마치 송장처럼 대리석 건물 문지방에 누워 잠자고 있었다. 한편 고요한 광장에서는 샘에서 흐르는 물소리가 들려 왔으며 도로가의 정원들은 바람소리와 함께 대기를 신선한 향기로 채우고 있었다.

내가 계속해서 어슬렁거리며 걸어가고 있을 때, 그리고 무엇보다도 즐겁기도 하고 또한 달빛과 꽃향기에 취해서 내가 어디로 가야 될지도 모르고 있을 때, 멀리 정원 깊은 곳에서 기이타 소리가 들려왔다. 아이고, 맙소사, 나는 그때 긴 외투를 입은 그 미친 대학생이 몰래 내 뒤를 밟고 있었구나 하고 혼자 생각했다. 게다가 그때 어떤 여자가 정원 안에서 멋있게 노래를 부르기 시작했다. 나는 마치 마술에 걸린 듯이 멈춰 섰다. 왜냐하면 그것은 바로 나의 아름답고 자비로운 여인의 목소리였으며, 그 노래는 그녀가 고향에서 창문을 열어놓고 부르곤 했던 그 이국적인 노래였기 때문이다.

그때 갑자기 슬피 울고 싶을 정도로 그 아름다웠던 시절의 추억이 나의 가슴을 쳤고, 그 때 그 이른 새벽에 보았던 성 앞의 고요한 정원이 생각났으며, 또한 그 못된 파리가 나의 콧구멍으로 날아들기 전에 내가 얼마나 행복한 기분으로 작은 나무 뒤에 서 있었던가 하는 생각이 떠올랐다. 나는 더 이상 가만히 있을 수가 없었다. 나는 격자로 된 대문의 황금빛 장식품 위로 기어 올라가 그것을 넘어 노래 소리가 들리는 정원 안으로 갔다. 그 때 나는 저 멀리 하얗고 날씬한 사람의 모습이 미류나무 뒤에 서 있다가 놀란 표정으로, 내가 격자문을 넘어가는 것을 보자 갑자기 급히 어두운 정원을 지나 달빛 속에, 내가 따라 잡을 수 없을 정도의 빠른 걸음으로 집 쪽으로 사라지는 것을 보았다.

"바로 그 여자야!"

나는 소리쳤고 나의 가슴은 기뻐 용솟음 쳤다. 왜냐하면 나는 그녀의 작지만 재빠른 발걸음을 보고 그녀를 금방 알아보았기 때문이다. 다만 유감스러운 것은 내가 정원 문을 넘을 때 오른쪽 발을 겹질려서 내가 그 집으로 뛰어갈 때 처음에 발을 절수밖에 없었던 일이다. 그런데 그 사이에 대문과 창문이 굳게 닫혀 있었다. 나는 아주 조용히 문을 두드려 보고 귀를 기울여 보다가 또 다시 노크해 보았다. 그 때 마치 그 안에서 누군가가 나지막하게 속삭이는 것 같기도 하고 또한 낄낄거리며 웃는 것 같기도 했다. 뿐만 아니라 어떤 때는 두 개의 눈동자가 커어튼 사이로 달빛에 반짝이는 것 같기도 하였다. 그러더니 갑자기 다시 조용해 졌다.

나는 그 여자가 나를 몰라본 것이라고 생각하고 내가 항상 갖고 다녔던 바이올린을 꺼내 들고 그 집 앞을 이리저리 왔다 갔다 하면서 바이올린을 연주하고 또한 내가 그 당시 아름다운 여름밤 성의 정원에서 혹은 세관의 벤치 위에서 성의 창문까지 울려 퍼지도록 부르고 또 연주했던 '아름다운 여인의 노래' 를 포함하여 다른 모든 노래들을 신나게 연주했다.

그러나 아무 소용이 없었다. 그 집 안에서는 아무도 꼼짝하지 않았던 것이다. 그래서 나는 마침내 슬픈 표정으로 나의 바이올린을 집어넣고 대문의 문지방 위에 누워 버렸다. 왜냐하면 나는 그날 너무 많이 걸어서 매우 피곤했기 때문이다. 밤의 날씨는 따뜻했고 집 앞의 화단에는 꽃향기가 그윽했으며 정원 아래의 분수대는 계속해서 물을 뿜고 있었다. 나는 하늘같이 파란 꽃들과 아름답고 짙은 녹색의 샘물이 솟아나 시냇물 졸졸 흐르며 온갖 종류의 새들이 노래하는 외로운 샘터를 꿈꾸다가 마침내 깊은 잠에 빠졌다.

내가 잠에서 깨었을 때는 온 몸에 아침 기운이 감돌았다. 새들은 벌써 잠에서 깨어나 나의 주위를 둘러싸고 서 있는 나무 위에서 마치 그들이 나를 바보취급하려는 듯 재잘거리고 있었다. 나는 급히 벌떡 일어나서 주위를 두리번거리며 살펴보았다. 정원의 분수 물소리는 여전했으나 집안에서는 여전히 아무 소리도 들리지 않았다. 나는 녹색의 커어튼 사이로 그 중 방 하나의 안을 들여다보았다. 거기에는 소파가 하나 있었고, 또한 크고 둥근 식탁에 회색의 식탁보가 늘어져 있었으며 의자들이 넓고 가지런히 벽을 둘러싸고 놓여 있었다. 그러나 바깥쪽으로는 모든 창문의 블라인드가 마치 오래 동안 사람이 살지 않은 것처럼 내려져 있었다. 그것을 보고 갑자기 나는 그 외딴 집과 정원과 어제 본 그 하얀 사람의 모습이 매우 무섭게 느껴졌다. 그래서 나는 뒤도 돌아보지 않고 그 한적한 나무그늘과 통로를 달려 급히 정원 문으로 다시 기어 올라갔다. 그러나 나는 거기에 있는 그 높은 격자무늬의 철문에서 갑자기 화려한 도시를 내다보고는 마치 마술에 걸린 듯이 그 자리에 앉았다. 그 때 저 멀리 집들의 지붕과 긴 도로 위에 아침 햇살이 반짝 반짝 빛나고 있어서 나는 기뻐 큰 소리로 고함을 지르고 이어서 길바닥으로 뛰어내려왔다.

그러나 이 커다란 낯선 도시에서 어디로 가야 한단 말인가? 그리고 나의 머리에서는 아직도 그 정신없이 스쳐간 지난 밤과 어제 본 그 아름답고 자비로운 여인 생각이 떠나지 않고 있었다. 나는 마침내 광장에 외롭게 서있는 돌로 된 분수 가에 앉아 맑은 물로 눈가를 말끔히 씻고 노래를 불렀다:

이 몸이 새라면
노래의 뜻을 알련만,
두 날개가 있다면
어디로 갈지를 알련만!

"어이 재미있는 친구, 종달새처럼 이른 아침 햇살에 노래하고 있군."

내가 노래하고 있을 때 우물가에 다가왔던 한 젊은이가 갑자기 말했다. 나는 갑자기 독일어로 말하는 소리를 듣자 마치 고요한 일요일 아침 우리 고향마을의 종소리가 나에게 들려오는 것 같은 기분이었다.

"아이고, 하나님, 반가워라. 동포 분을 만나게 되었군요." 하고 나는 기뻐서 돌 분수에서 뛰어 내려갔다. 젊은이는 웃으면서 나를 위 아래로 훑어보았다.

"그렇지만 당신은 이 로마에서 무엇을 하시나요?"

그가 마침내 물었다. 그러나 나는 내가 그 아름다운 나의 연인의 뒤를 따라 왔다는 말은 하고 싶지 않아서 당장 뭐라고 대답해야 할지 몰랐다. 나는 대답했다.

"세상 구경을 하러 그저 여기 저기 다니고 있지요."

"아 그렇군요!" 젊은이가 대꾸하고는 큰 소리로 웃었다.

"우리는 똑같은 직업을 갖고 있군요. 나도 세상 구경을 하고 나중에 그것을 그림으로 옮기려고 한다오."

"그러면 화가이시군요."

나는 유쾌하게 웃었다. 왜냐하면 그 때 나에게는 레온하르트 씨와 기도 씨가 생각났기 때문이다. 그러나 그 남자는 내가 말하는 것을 허락하지 않았다.

"함께 우리 집에 가서 아침을 먹읍시다, 그리고 당신 초상화를 그립시다. 나에게는 매우 즐거운 일이 될 거예요!"

그가 말했다. 나는 그렇게 하기로 하고 그 화가와 함께 인적이 없는 가도를 따라 걸어갔는데, 그 때 그곳에는 이따금 창문이 열려 어떤 때는 하얀 팔소매가 신선한 아침 공기 속으로 뻗치다가 곧 잠이 덜 깬 사람의 얼굴이 나타나기도 했다. 그가 나를 오래 동안 이리 저리 복잡하고 좁고 어두운 골목길을 끌고 다닌 후 마침내 우리들은 낡고 오래된, 연기에 그을린 어떤 집에 들어서게 되었다. 거기서 우리들은 하나의 컴컴한 계단을 올라갔으며 이어서 곧 마치 우리가 하늘로 올라가려는 듯이 또 하나의 계단을 올라갔다. 우리는 마침내 지붕 아래 있는 문 앞에 다다르고 화가는 급히 앞 뒤 주머니를 뒤지기 시작했다. 그러나 그는 오늘 새벽에 집 문을 잠그는 것을 잊고 열쇠를 방안에 두고 나왔던 것이다. 그는, 그가 나에게 오는 도중에 이야기한 바에 의하면, 일출시의 그곳 경치를 감상하기 위하여 날이 새기도 전에 교외로 나갔었던 것이다. 그는 머리를 몇 번 젓더니 문을 발로 차 열었다.

방은 바닥에 물건으로 꽉 차지만 않았다면 그 속에서 춤을 출 수 있을 정도로 길고 컸다. 방안에는 장화와 서류와 옷가지들과 물감 통들이 어지럽게 널려 있었다. 방 한 가운데에는 커다란 배를 딸 때에 쓰는 비계 모양의 물건들이 놓여 있었고, 사방 벽에는 커다란 그림들이 비스듬히 세워져 있었다. 또한 기다란 목재 탁자 위에는 접시가 하나 놓여 있었는데 그 위에는 물감이 묻은 자국 옆에 빵과 버터가 놓여 있었다. 그 곁에 포도주도 한 병 있었다.

"우선 들어요. 한 잔 하시고, 우리 고국 동포님!"

화가는 나에게 큰 소리로 말했다. 그러지 않아도 나는 빵에 뭔가 발라 먹으려 하는 중이었는데 이번에는 나이프가 없었다. 우리들은 할 수 없이 탁자 위의 서류들을 뒤지다가 한 참 후에 마침내 커다란 소포 뭉치 아래서 그것을 찾았다. 이어서 화가가 창문을 열어젖히자 신선한 아침공기가 온 방안에 가득찼다. 또한 저 멀리 시내의 전경을 넘어 산 속까지 멋있는 전망이 눈에 들어왔으며 거기에는 아침햇살이 하얀 색의 시골집들과 포도밭에 밝게 비치고 있었다.

"저 너머에 있는 시원하고 푸른 독일 만세!"

화가는 그렇게 소리를 지르고 곁들여 포도주를 한 모금 포도주 병에서 직접 마시더니 그것을 나에게 내밀었다. 나는 그에게 정중하게 답배하고 마음속으로 저 멀리 있는 고국산천에 수천 번 따뜻한 인사를 보냈다.

그러다가 화가는 위에 커다란 화지를 팽팽하게 펴서 매단 나무로 된 비계를 창문에 바짝 끌어당겼다. 화지에는 검정색으로 옛날의 오막살이집이 제법 예술적으로 그려져 있었다. 그 안에는 성모 마리아가 매우 아름답고 즐거워 보이지만 한편 우울해 보이는 얼굴로 앉아 있었다. 그녀의 발아래 짚으로 만든 침상 위에는 아기 예수가 애교 있고 큰, 그러나 한편 진지한 표정의 눈빛으로 누워있었다. 밖에 오막살이 집 문지방에는 두 명의 목동이 지팡이와 보따리를 들고 무릎을 꿇은 채 앉아 있었다. 화가는 말했다.

"저기 저 목동에게 자네의 머리를 씌워 줄 거야. 그러면 자네의 얼굴을 사람들이 알아보게 될 거야. 그러면 분명 그들은 우리 두 사람이 죽어서 땅에 묻혀 저렇게 조용하게 기쁜 마음으로 성모 마리아와 그녀의 아들 앞에 있는 저 행복한 소년들처럼 무릎을 꿇고 앉아 있으면 그들은 그것을 보고 좋아할 거야."

그러고 나서 그는 낡은 의자 하나를 손에 잡았는데 그가 그것을 들어 올리려고 하자 그의 손에는 다만 의자의 등받이 부분만 반쯤 들렸다. 그는 그 의자를 다시 통째로 잡아서 비계 앞에 밀어놓았고 나는 그 위에 나의 얼굴을 화가 쪽으로 비스듬히 향한 채 앉아 있어야만 했다. 나는 꼼짝도 하지 않고 몇 분 동안 그렇게 앉아 있었다. 그러나 나는 웬일인지 참을 수가 없었고 곧 여기저기가 간지럽기 시작했다. 그리고 내 앞에는 깨어져 반쯤만 남은 거울이 놓여있었는데 나는 그 속을 계속 들여다보지 않을 수 없었고, 그가 그림을 그리는 동안 나는 너무 지루해서 계속해서 온갖 표정을 지어보이기도 하고 또한 얼굴을 찡그리기도 하였다. 그것을 알아본 화가는 마침내 큰 소리로 웃더니 나에게 일어서라는 눈짓을 하였다. 목동의 몸에 붙인 나의 얼굴 그림은 완성되었다. 그리고 그것은 매우 분명하게 그려져 있어서 내 마음이 매우 흡족했다.

이제 그는 신선한 아침 공기를 마시며 계속해서 열심히 스케치를 하였고, 그 때 그는 곁들여 노래를 부르거나 이따금 열려진 창문을 통하여 멋있는 바깥 경치를 내다보기도 하였다. 그러나 나는 그러는 중에 빵을 한쪽 베어들고 방안을 이리 저리 왔

다 갔다 하면서 벽에 걸린 그림들을 구경하였다. 그중에 두 개
가 특히 멋있게 보였다.

나는 그 화가에게

"이것들도 당신이 그렸나요?" 하고 물었다.

그랬더니 그 화가는

"물론이지."

대답하고 이어서

"그것들은 유명한 화가 레오나르도 다 빈치와 기도 레니의 작
품들이라오, 그러나 자네는 모를 거야"라고 말했다.

그의 끝말을 듣고 보니 나는 화가 났다. 그래서 나는 매우 자
연스럽게 대꾸했다.

"그 두 사람의 화가들을 나는 마치 나의 가방만큼이나 잘 알
아요."

그랬더니 그는 눈을 휘둥그레 뜨고 급히 물었다.

"어떻게?"

그래서 나는

"내가 그들과 함께 밤낮으로 말을 타거나 혹은 걸어서, 혹은
마차를 타고 모자에서 윙윙 소리가 날 정도로 달리다가 그 두
사람을 어떤 술집에서 잃어버린 후, 나 혼자 특별 우편마차를
타고 여행을 하다가 마침내 그 덜커덩거리는 마차가 바위에 부
딪쳐 날아가 버리지 않았던 가요"라고 말했다.

화가는

"오호"

"오호"

연발 소리를 지르더니 혹시 내가 미친놈은 아닌가 하고 나를 빤히 쳐다보았다. 그러더니 그는 갑자기 껄껄 웃기 시작했다.

"아, 이제 알겠구면."

그는 소리쳤다.

"자네는 그러니까 기도와 레온하르트라고 불리는 두 명의 화가와 여행을 한 게로군."

내가 그렇다고 하자 그는 자리에서 벌떡 일어나더니 나를 다시 한 번 위 아래로 훑어보았다. 그가 말했다

"내가 믿기론 자네가 바이올린도 켜지?"

나는 나의 가방을 두드려서 그 속에서 바이올린 소리가 나게 했다.

"그러면 그렇지" 화가는 대꾸하고 말했다.

"독일에서 어떤 백작부인이 여기 와서 두 사람의 화가와 바이올린을 들고 다니는 젊은 악사를 찾아 로마의 구석구석을 뒤졌었지."

"독일에서 온 젊은 백작부인이라고요?"

나는 기뻐서 소리를 질렀다.

"문지기도 함께 있었나요?"

"나는 다는 모르겠고" 화가가 대답했다.

"나는 그 여자를 나의 여자 친구의 집에서 한 두 번 보았을 뿐

이요. 그런데 그 여자는 시내에 살고 있지 않아. 자네가 그 여자를 알아?"

그는 갑자기 방구석에 커다란 그림이 그려져 있는 화포를 공중으로 치켜들면서 말했다. 그 때의 나의 느낌은 마치 내가 어두운 방에 있을 때 누군가가 갑자기 방의 덧문을 열어젖혀 눈앞에 아침 햇살이 눈부시게 비치는 것 같은 기분이었다. 그녀가 바로 다름 아닌 나의 연인, 아름답고 자비로운 그 부인이었구나! 그녀는 검은 우단으로 된 치마를 입고 정원에 서서 한 손으로 얼굴을 가린 베일을 벗고 조용히 정겨운 모습으로 멀리 아름다운 경치를 바라보고 있었지. 내가 앞을 오래 쳐다보면 볼수록 나에게는 점점 더 마치, 내가 백작의 성 정원에 와 있는 것 같이 느껴졌고, 또한 꽃들과 나무 가지들이 바람결에 조용히 흔들리는 것 같이 느껴졌다. 그리고 저 아래 깊은 계곡에 나는 마치 나의 세관 건물과 신작로가 푸른 들판을 가로 질러 있고 다뉴브 강과 멀리 있는 푸른 산들이 보이는 것 같았다.

"그 여자가 틀림없어, 바로 그 여자야!"

나는 마침내 소리를 지르고 나서 모자를 집어 들고 문밖으로 뛰어나가 많은 계단을 내려갔으며, 그 때 나의 등 뒤에서는 놀란 화가가, 내가 저녁에 다시 오면 더 많은 것을 알게 될지도 모른다며 큰 소리로 말하는 소리가 들렸다.

제 8 장

　나는 급히 시내를 가로 질러 곧장 어제 저녁에 그 아름다운 여자가 노래 불렀던 그 정원 별장으로 갔다. 그 사이 길거리는 더욱 활기차고 거리에서는 신사숙녀들이 햇볕을 받으며 서로 허리 굽혀 정답게 인사를 나누고, 화려하게 차린 마차들이 그 사이를 질주하고, 모든 교회의 탑들에서는 미사를 알리는 종소리가 맑은 공기를 타고 분주한 아침 시간에 아름답게 울려 퍼졌다. 나는 한편으론 기쁘기도 하고 또 한편으론 거리의 혼잡 때문에 어느 정도 취한 기분과 들뜬 마음으로 계속해서 달리다 보니 결국 내가 어디에 와 있는지도 모르게 되었다. 그 때의 나의 기분은 마치 그 조용한 분수가 있던 광장과 정원, 그리고 그 집의 건물이 다만 꿈이었으며 그것들이 모두 날이 밝자 마자 지상에서 사라져 버린 듯 마술에 걸린 기분이었다. 나는 그 광장의 이름을 알지 못해서 그것에 대해서 물을 수도 없었다. 마침내 날은 무척 더워졌고 햇빛은 보도 위에 뜨겁게 내리 쬐고 있었으며 사람들은 집안으로 기어들어가 집집마다 블라인드를 내려 마침내 거리는 갑자기 죽은 듯 고요해졌다. 급기야 나는 하는 수 없이 기둥으로 받쳐진 발코니가 넓게 그늘을 드리우는 어느 멋있는 집 앞에 들어서서, 이 갑작스런 적막감으로 밝은 대낮인데도 무척 으스스하게 느껴지는 이 조용한 도시를 관찰하다가 곧 다시 구름 한 점 없는 새파란 하늘을 바라보다가 하는 중에 피곤한 나머지 마침내 잠이 들었다. 그 때 나는 고향에서 어느 한적한 푸른 초원에 누워 있는 꿈을 꾸었는데, 그 때 여름날의 따뜻한 빗방울이 한 줄기 뿌리는 것 같더니 그것은 햇빛에 반사되어 반짝였고, 태양은 곧 서산을 넘어가 빗방울이 잔디밭에 쏟아지다가 그것들이 아름다운 꽃들로 변하여 내가 마치 그 꽃 속에 파묻혀 버린 것 같았다. 그러나 내가 깨어나서 실제로 수많은 꽃들이 나의 머리 위와 내 주위에 널려 있는 것을 보고 나는 얼마나 놀랐던지! 나는 자리에서 벌떡 일어났지만, 그 때 나는 다만 내 머리 위의 집 창문이 향기 짙은 꽃과 나무들로 가득 차 있었고, 그 뒤에 한 마리의 앵무새가 계속해서 꽥꽥거리며 중얼대고 있는 것 외에 아무것도 알아볼 수가 없었다. 나는 흩어져 있는 꽃잎들을 주어모아 그것들을 엮어서 꽃다발을 만들어 나의 단추 구멍에 꽂았다. 그리고 나서 나는 그 앵무새와 이야기를 나누웠는데 그 이유는 그 새가 황금빛 새장 안에서 온갖 표정을 다 지으며 새장 안을 올라갔다 내려갔다 할 때 그의 어설픈 안짱걸음 걸이가 나에게 무척 우스꽝스럽게 보였기 때문이다.

그러나 그 때 그 녀석은 갑자기 나에게
"우라질 놈"이라고 욕을 해댔다.

비록 그것이 분별없는 짐승의 행동이라고는 하지만 나는 여하튼 화가 났다. 나도 그 놈에게 욕을 퍼부었고 그러다 보니 우리들은 모두 흥분했으며, 그 때 내가 독일어로 욕을 많이 하면 할수록 그놈도 나에게 이탈리아 어로 욕을 퍼 부어댔다.

그 때 갑자기 나의 등 뒤에서 누군가 웃는 소리가 났다. 나는 급히 뒤를 돌아보았다. 그 사람은 다름 아닌 내가 오늘 아침에 만났던 화가였다.

"또 무슨 일을 저지르고 있는 거요! 벌써 반시간 동안 당신을 기다리고 있는 중이요. 공기도 시원해지고 있으니 우리 교외나 나가 봅시다. 거기가면 많은 동포를 만날 수 있을 거요. 그리고 그 독일 백작부인에 관해서도 보다 자세한 정보도 얻을 수 있을지 모르오." 그가 말했다.

그 소리에 나는 무척 기뻐서 우리는 곧 걷기 시작하였는데, 그 때 나의 등 뒤에서는 그 앵무새 놈이 나에게 계속 욕하는 소리가 들렸다.

우리가 교외로 나와서 시골집들과 포도원 사이의 좁은 돌로 된 보도를 오래 동안 걸어 올라온 후 우리들은 어떤 작지만 높게 위치한 정원에 이르렀는데, 그곳에는 녹지 위에 둥근 테이블을 사이에 두고 여러 명의 젊은 남녀들이 앉아 있었다. 우리가 그곳에 들어서자마자 모두들 우리들에게 조용히 하라고 눈짓을 하고 정원의 건너편을 가리켰다. 그곳에는 나무 가지가 우거진 정자 안에 두 명의 미녀가 테이블에 마주보고 앉아 있었다. 한 여자는 노래를 부르고 있었고 또 한 여자는 기이타를 치고 있었다. 그 여자들 사이에 테이블을 앞에 두고 한 상냥한 남자가 서서 작은 막대기로 이따금씩 박자를 맞추고 있었다. 그 때 포도 넝쿨 사이로 햇빛이 들어와서 정자 안의 테이블에 놓여있는 포도주 병과 과일 위를 비추다가 곧 기이타를 치고 있는 여자의 둥글고 풍만한, 눈부시게 하얀 어깨 위를 비추기도 하였다. 또 한 여자는 도취된 표정으로 이탈리아어로 노래를 불렀는데 그 때 그녀는 노래를 너무나도 예술적으로 불러서 그녀의 목에 심줄이 부풀러 오르기도 하였다.

그 여자가 시선을 하늘로 향한 채 카덴짜를 길게 뽑고 있고 또한 그녀 곁에 있던 남자가 지휘봉을 들고 그녀가 다시 리듬을 찾는 순간을 기다리고 있어서, 정원 안에 있는 사람 중 아무도 감히 숨도 제대로 쉬지 못하고 있을 때, 갑자기 정원의 문이 활짝 열리고 얼굴이 매우 상기된 표정의 어떤 처녀와 예쁘고 창백한 얼굴의 한 젊은이가 바로 그 뒤에 매우 시끄럽게 싸우면서 들이닥쳤다. 지휘자는 놀라서 여자 가수가 이미 벌써 길게 뽑던 전음을 끝내고 화가 난 표정으로 서 있었지만 아직도 지휘봉을 공중에 치켜든 채 마치 돌이 된 마술사처럼 서 있었다. 나머지 다른 모든 사람들은 화가 나서 그 침입자들을 보고 씩씩 거렸다. 그 때 둥근 탁자에 앉아 있던 한 사람이 소리쳤다.

"이 야만인아, 당신은 그래 왕년의 호프만 씨가 1814년 가을 베를린 예술전람회에 출품하여 이 세상에서 가장 아름다운 천국의 모습을 볼 수 있게 한 '1816년도 부인용 포켓북' 347쪽에 묘사된 이 세상에서 가장 아름답고 의미심장한 장면 중의 한 장면을 연출하는 중에 뛰어든단 말이요?"

그러나 아무 소용이 없었다.

"이 친구 뭐라고 중얼대는 거야!"

그 남자가 대꾸했다.

"당신들의 장면은 당신들의 장면이고! 나 자신의 그림은 다른 사람들을 위한 것이지만, 나의 여자는 나 혼자만의 것이요! 나는 그 년을 그냥두지 않을 거요. 너 이 화냥년, 이 못된 년!"

그는 불쌍한 처녀를 다시 닦달했다.

"너 이 못된 년, 너는 미술을 삐딱한 눈으로 보고, 문학작품에서는 황금연줄만 찾으며 사랑보다는 돈만 생각하는 삐딱한 년이야! 이제 너는 지금부터는 훌륭한 화가는 생각지도 말고 코에 금강석이 가득한 돈 주머니를 걸치고 민둥 머리에 금 메끼를 한, 돈에 환장한 공작이 되거라! 아까 감추었던 그 염병할 종이쪽지나 꺼내봐! 또 무슨 짓을 하려는 거야? 도대체 그것은 누구의 것이고 또 누구에게 주려는 거냐구?"

그러나 그 처녀는 막무가내였고 다른 사람들이 그 분노한 청년을 둘러싸고 열심히 소란을 떨면서 그를 한편으로 위로하고 또 한편으로는 그의 마음을 진정시키려고 하면 할수록 그 청년

114

은, 처녀가 입을 다물지 않은 채 울면서 나에게서 보호를 받으려고, 내가 생각지도 않게 갑자기 나에게 안기려고 나의 가슴으로 달려들자, 더욱 흥분하여 날뛰었다. 나는 즉시 상응하는 자세를 취했으나 다른 사람들이 소란 중에 우리들에게 주의를 기울이지 않자, 그 여자는 갑자기 머리를 나에게로 돌리고 아주 침착하게, 그리고 매우 작은 소리로 귓속말로 속삭였다.

"이 못된 세관원 양반, 당신 때문에 내가 이 고생을 하는 거요. 자 여기 이 웬수 같은 쪽지를 빨리 챙겨요. 거기에 우리가 어디에 살고 있는지 적혀있으니까. 즉 시간에 맞춰서 성문 쪽으로 계속 그 외딴 도로를 따라 오면 돼요!"

나는 놀라서 아무 말도 할 수 없었는데 그 이유는 내가 그 여자를 보니까 그 여자가 다름 아닌 그 아름다웠던 일요일 저녁 나에게 포도주를 갖다 준, 성에서 본 그 깝죽대는 시녀였기 때문이다. 과거에는 그녀가 검은 고수머리를 나의 팔 위에 늘어뜨린 채 따뜻한 체온으로 나에게 몸을 기대고 있는 지금처럼 아름답게 보였던 때는 한 번도 없었다.

"아니, 아씨"

나는 놀라서 말했다.

"웬 일로"

"웬 일이라니, 우선 조용히 해요, 조용히!"

그녀는 대답하고 내가 어찌된 영문인지 생각해 볼 겨를도 없이 급히 나의 몸에서 벗어나 정원의 반대쪽으로 뛰어갔다.

그 동안에 다른 사람들은 자기들이 하던 일을 완전히 잊고, 그 젊은이가 점잖은 화가로서는 어울리지 않게 심하게 술에 취해있다는 사실을 납득시키느라 애쓰면서 서로 언쟁을 즐기고 있었다. 정자에 있었던 뚱뚱하지만 민첩해 보이는 그 남자, 내가 나중에 듣기로 대단한 예술 애호가이며 또한 학문에 대한 애착 때문에 기꺼이 모든 것을 함께 했던 그 남자도 자기의 지휘봉을 집어던지고, 희색이 만면하고 살이 통통하게 찐 얼굴로 사람들이 모여 있는 주위를 열심히 돌아다니며 모든 상황을 잘 중재하여 유화적으로 해결하려고 노력하였다. 다만 그는 자기가 애써 연출했던 길게 이어지는 카덴짜와 아름다운 장면을 못내 아쉬워했다.

그러나 나의 마음은 포도주 병을 앞에 놓고 밤늦게 까지 바이올린을 켰던 그 행복했던 토요일 저녁처럼 매우 상쾌했다. 나는 그 소란이 끝날 기미가 보이지 않아서 바이올린을 다시 꺼내들고, 산악지방에 사는 사람들이 춤을 추고 또 내가 그 외로운 숲속의 고성에서 배웠던 이국적인 댄스곡을 연주했다. 그러자 모두들 머리를 공중으로 치켜들었다.

"브라보, 브라비씨모, 그것 참 훌륭한 착상이야!" 하면서 그 흥겨운 예술 애호가는 소리를 지르고 곧바로 이리 저리 뛰어다니면서 그가 말하는 시골풍의 막간극을 연출하느라 분주했다. 그는 스스로 앞전에 정자 안에서 연주했던 여자에게 손을 내밀면서 시범을 보였다. 이어서 그는 매우 아름답게 춤을 추기 시작했고 또한 발끝으로 잔디위에 온갖 글씨를 쓰고 양발로 멋있는 전음소리를 내더니 때때로 멋있게 공중제비도 했다. 그러나 그는 몸이 뚱뚱해서 곧 지쳤다. 그는 점점 작고 서툴게 점프를 하더니 마침내 무리에서 이탈하여 심하게 기침을 하고 또한 새하얀 손수건으로 쉴 새 없이 땀을 닦았다. 그러는 중에 다시 완전히 제 정신이 든 청년이 영업집에서 캐스터네츠를 가져와서 모든 사람들은 갑자기 나무 아래서 어울려 춤을 추기 시작했다. 해는 저물었지만 아직도 어두운 그림자 사이에, 그리고 낡은 성벽 위에, 그리고 뒤에 있는 정원에 송악 넝쿨이 무성한 채 반쯤 쓰러져 있는 기둥 위에 붉은 빛을 던지고 있었는데, 그 동안에 사람들은 반대편 포도밭 깊은 곳에 앉아, 도시 로마가 저녁놀에 잠들어 있는 것을 바라보고 있었다.

그 때 그들은 모두 푸른 녹지에서 맑고 고요한 바람결에 즐겁게 춤을 추었고, 나는 나대로, 날씬한 아가씨들이 시녀를 둘러싸고 마치 이국의 숲 속의 요정들처럼 숲 속에서 팔을 위로 치켜들고 몸을 흔들면서 공중에서 캐스터네츠를 흥겹게 울릴 때, 온 몸에 신바람이 나지 않을 수 없었다. 나는 더 이상 참을 수가 없어서 그들 사이로 뛰쳐나가 바이올린을 연주하면서 멋있게 피겨를 그리며 돌았다.

나는 한참동안 원을 그리며 돌다 보니 다른 사람들이 지쳐서 하나 둘 잔디밭을 떠난 사실도 몰랐다. 그 때 누군가가 뒤에서 나의 옷자락을 세게 잡아당겼다. 그것은 다름 아닌 시녀였다. 그 여자는 작은 소리로 말했다.

"바보처럼 놀지 말아요. 꼭 숫염소처럼 뛰어 다니는군요. 내가 준 쪽지를 잘 보세요, 그리고 곧 오세요, 젊고 아름다운 백작부인이 기다리시니까."

곧 이어 그 여자는 어둠 속에서 정원 문 쪽으로 가더니 곧 포도밭 사이로 사라졌다. 나의 가슴은 뛰었다. 나도 곧바로 그녀의 뒤를 쫓아갈 걸 그랬다. 다행이 이미 날이 어두워서 식당보이가 정원 문에 달린 커다란 가로등에 불을 붙였다. 나는 그리로 다가가서 급히 쪽지를 꺼내보았다. 그랬더니 거기에는 시녀가 나에게 먼저 번에 말한 성문과 도로가 연필로 쓴 심한 흘림체로 묘사되어 있었으며 또한 곁들여서 "작은 문 앞에서 열한 시에" 라고 적혀 있었다.

그때가지는 아직 몇 시간이 남아 있었다. 그러나 나는 너무 마음이 조급해서 그것을 무시하고 곧바로 가려고 하였다. 그 때 나를 이곳으로 데려온 화가가 나에게로 다가왔다.

"자네 그 아가씨를 만나 보았나? 그녀가 안 보이네, 그녀는 독일 백작부인의 시녀였는데."

그가 물었다.

"가만있어 봐요, 그 백작부인은 아직 로마에 있어요."

내가 대꾸하였다.

"그럼 더 잘 됐네, 이리 와서 우리와 함께 그녀의 건강을 위하여 한잔 하세!"

이어서 그는 내가 마구 뿌리쳐도 나를 정원 안으로 끌고 갔다.

그러다 보니 주위는 황량하고 공허해 졌다. 유쾌한 손님들은 각자 애인을 팔에 끼고 시내 쪽으로 걸어갔고 그들이 속삭이고 웃는 소리는 고요한 밤 포도밭 사이로 점점 더 멀리 들리다가 마침내 깊은 계곡에서 들리는 숲의 바람소리와 강물 소리 속에 잠겨버렸다. 나는 화가와 또 앞에서 싸웠었던 에크브레히트 씨라고 불리는 또 다른 젊은 화가와 함께 위에 남아 있었다. 달빛이 휘황찬란하게 정원 안의 키가 크고 검은 나무 사이로 비쳤고 우리들 앞에 놓여 있는 테이블 위의 촛불은 바람결에 팔락거리며 테이블 위에 엎질러진 포도주 위를 비췄다. 나는 함께 앉아 있을 수밖에 없었고 화가는 나의 출신과 나의 여행과 또 나의 인생의 계획에 관하여 나와 함께 이야기를 나누었다.

　　그러나 에크브레히트 씨는 우리들의 테이블 위에 술병을 가져다 준 그 음식점의 소녀를 자기 앞에 앉혀 놓고 그녀의 팔에 기이타를 안기고 그것으로 노래 한 곡을 켜도록 가르쳤다. 그 여자는 작은 손으로 곧 익숙해 졌고 그래서 그들은 같이 이탈리아 노래를 한곡 불렀는데, 그가 노래의 일절을 부르면 소녀가 다시 다음 절을 부르고 해서 결과적으로 그것은 이 아름다운 고요한 밤에 멋있어 보였다. 그 소녀가 누군가의 부름을 받고 자리를 뜨자 에크브레히트 씨는 기이타를 들고 벤치에 기대어 자기의 발을 그의 앞에 놓여있는 의자에 올려놓고 우리들에게는 신경을 쓰지 않은 채 혼자서 여러 가지 멋있는 독일 노래와 이탈리아 노래들을 불렀다. 그때 창공의 별들은 찬란하게 반짝였고 주위의 경치는 달빛을 받아 은빛으로 빛나 나는 그 아름다운 여자와 나의 고향을 생각하느라 나의 곁에 있는 화가도 잊고 있었다. 때때로 에크브레히트 씨는 음을 가다듬어야 했는데 그럴 때마다 화가는 매우 화를 냈다. 그는 몸을 돌리고 급기야는 악기를 낚아채서 갑자기 줄이 끊어지기도 하였다. 그러면 에크브레히트 씨는 악기를 집어던지고 자리에서 벌떡 일어나기도 했다. 그러다가 그는 비로소 나의 화가가 자기의 팔 위로 테이블에 몸을 기대고 깊이 잠들어 있는 것을 발견했다. 그는 급히 테이블 옆에 나무 가지에 걸려있는 하얀 외투를 몸에 두르고 갑자기 생각에 빠지더니 처음에는 나의 화가를, 그 다음에는 나를 몇 번 날카롭게 노려보다가 오래 생각하지 않고 내 앞에 있는 테이블 위에 걸터앉아서 헛기침을 한 후 자신의 타이를 매만지고 나서 갑자기 나를 향하여 연설하기 시작했다.

그는 말했다.

"친애하는 나의 방청객이며 나의 동포인 그대여, 이제 술병이 비어 있고 덕이 쇠할 때는 두말 할 필요 없이 도덕이 최우선적인 국민의 의무이므로 나는 동포애에서 그대에게 도덕성을 강조하고 싶은 심정이요."

그는 계속해서 말했다.

"사람들은 비록 자네의 그 연미복은 해묵은 것이지만 자네 자신은 아직 어리다고 생각할 수 있겠지요. 아마도 사람들은 과거에 자네가 마치 사티로스처럼 별의별 짓을 다 했을 거라고 생각할 수 있겠지. 또 어떤 사람들은 자네가 이 시골에서 바이올린을 켜고 있으니까 건달이라고 생각하겠지. 그러나 나는 그렇게 피상적으로 보지는 않는다네. 나는 자네의 그 섬세하고 날카로운 코를 보고 자네가 천재적인 한량이라고 생각한다네."

　나는 속이 있는 그의 말을 듣고 화가 나서 무어라고 대꾸하려고 했다. 그러나 그는 나에게 말할 여유를 주지 않았다. 그는 말했다.

　"그것 봐, 좀 칭찬해 주니까 벌써 우쭐 해 지는군. 좀 자신을 돌아보고 자네의 그 위험한 생활태도도 점검해 봐! 우리 천재들은, 나도 그중의 하나지만. 이 세상이 우리들에게 해 준 것이 별로 없듯이 우리도 이 세상에 해 놓은 것이 별로 없지. 우리들은 오히려 별 볼 일 없이 우리가 곧 이 세상에서 만들어 낼 칠리화를 신고 영원을 향해서 걸어갈 거야. 그러나 그것은 매우 불쌍하고 불편하고 가랑이가 찢어질듯 한 자세로서 한쪽 다리는 아침의 여명과 다름없는 어린 아이들의 얼굴모습이 사이사이 보이는 자세이고 다른 한 쪽 다리는 로마의 델 포폴로 광장에 대어서 온 세상이 기회만 있으면 동행하려고 그 신발에 매달려서 결국은 다리가 뽑힐 것 같은 그런 자세라네. 그리고 모든 몸짓이나 음주나 굶주림도 오직 불멸의 영원을 위한 것이지! 저기 저 의자에 앉아있는 나의 친구를 보시게, 저 친구도 천재이지. 저 친구에게도 시간이 지루할 거야. 저 친구가 그 영원 속에서 무엇을 할 수 있을까? 아, 나의 귀한 친구, 너와 나 그리고 저 태양, 우리들은 오늘 아침 함께 일어나서 하루 종일 생각하고 그림을 멋있게 그렸지. 그런데 지금 졸리는 밤이 와서 세상을 가죽소매로 덮고 모든 것을 퇴색시켰어.” 그는 계속해서 떠들었는데 그 때 춤을 추고 술을 마시느라 헝클어진 머리털로 달빛에 비친 그의 모습은 마치 송장처럼 창백해 보였다.

　나는 아까부터 그와 그의 거친 이야기가 겁이 나서 그가 완전히 잠들어 있는 화가에게 다가간 틈을 타서 그가 눈치 채지 못하게 테이블을 돌아서 정원을 빠져나와 혼자 느긋한 기분으로 포도넝쿨이 우거진 난간을 돌아 달빛이 훤히 비치는 넓은 계곡을 따라 내려왔다. 그때 시내에서 열 시를 치는 소리가 들렸다. 나의 등 뒤에서 아직도 고요한 밤에 이따금씩 기타 소리와 이제 귀가하는 그 두 화가들의 목소리가 멀리서 들려왔다. 그래서 나는 그들이 더 이상 나를 붙들고 꼬치꼬치 질문을 던지지 못하도록 가능한 한 빨리 달렸다.

　성문 앞에 이르러 나는 곧 가슴을 두근거리며 오른 쪽으로 돌아서 조용한 집들과 정원들 사이로 급히 달려갔다. 그러나 나는 졸지에 내가 오늘 낮에 보지 못했던 분수대가 있는 광장에 나타나게 되어 무척 놀랐다. 거기에는 휘황찬란한 달빛 속에 그 외로운 별장이 서 있었으며, 그리고 정원에서 그 아름다운 여인이 어제 저녁에 불렀던 똑같은 이탈리아 노래를 다시 부르고 있었다. 나는 기뻐 어찌할 줄을 모르고 처음에는 그 작은 문으로, 그 다음에는 대문으로, 그리고 마침내는 그 큰 정원 문으로 달려갔으나 모든 문들이 다 잠겨있었다. 그러나 그때 나는 아직 열한

시가 되지 않았다는 생각이 들었다. 나는 기다리기가 지루해서 화가 났지만 그렇다고 어제처럼 점잖지 않게 정원 문을 뛰어넘어갈 생각은 나지 않았다. 그래서 나는 한참동안 조용한 정원 위를 이리 저리 왔다 갔다 하다가 마침내 깊은 생각과 조용한 기대 속에서 돌로 된 분수대 위에 털석 주저앉았다.

별들은 하늘에서 반짝였고 광장은 텅 빈 채 고요한데 나는 재미있게 정원에서 들려오는 분수의 물소리 사이로 간간이 울려오는 그 아름다운 여자의 노래 소리에 귀를 기울였다. 그때 갑자기 광장의 반대쪽에서 작은 정원 문으로 똑바로 다가오는 하얀 사람의 모습이 보였다. 나는 달빛 속에서 자세히 살펴보았다. 그랬더니 그것은 다름 아닌 흰색의 외투를 입고 있는 그 장난이 심한 화가였다. 그는 급히 열쇠를 꺼내 문을 여는 것 같더니 졸지에 정원 안에 들어와 있었다. 그렇지 않아도 나는 처음부터 함부로 하는 말버릇 때문에 그에게 유감이 있었다. 그러던 참이라 지금 나는 화가 치밀어 미칠 지경이었다. 나는 못된 천재 놈이 분명히 또 술이 취해서 시녀에게서 열쇠를 빼앗아 가지고 고귀하신 부인의 방에 몰래 들어가 그녀를 덮치려 한다고 생각했다. 그래서 나는 열려져 있는 그 작은 문을 통해 정원 안으로 달려갔다.

내가 들어갔을 때 그곳은 쥐죽은 듯 조용하고 적막했다. 정원 별장의 날개대문은 열려있었고 그 사이로 하얀 불빛이 새어 나와 문 앞에 있는 풀과 꽃 위에 비쳤다. 나는 멀리서 그 안을 들여다보았다. 거기에는 하얀 불빛으로 희미하게 비치는 화려한 녹색의 방안에 그 아름다운 나의 연인이 팔에 기타를 끼고 밖에 어떤 위험이 도사리고 있는지에 대해서는 아무 생각도 없이 비단으로 된 편안한 와상 위에 누워있었다.

그러나 나는 그것을 오래 동안 바라볼 겨를이 없었다. 왜냐하면 그 하얀 사람의 모습이 반대쪽에서부터 수풀을 헤치고 별장 쪽으로 매우 조심스럽게 다가오고 있었기 때문이다. 그때 그 자비로운 귀부인은 집안에서 구슬프게 노래를 불러서 그 소리가 나의 간장을 녹이는 듯했다. 나는 오래 생각할 겨를도 없이 쓸 만한 나무 가지를 하나 꺾어들고 그 하얀 외투를 향하여 달려가면서 온 정원이 울리도록 큰 소리로

"사람 살려!"라고 소리쳤다.

뜻하지 않게 내가 오는 것을 본 화가는 급히 도망을 치면서 기겁을 할 정도로 크게 소리를 질렀다. 그러나 나는 더 크게 소리를 질렀고 그는 집으로 달려갔지만 나는 그의 뒤를 쫓아 달렸다. 그리고 내가 그를 거의 붙잡으려는 찰나에 재수 없게도 발이 꽃밭에 걸려서 나는 갑자기 넘어져 집 앞에 쭉 뻗었다.

"아 이런 바보, 바로 당신이었군!"

나의 머리 위에서 누군가가 말하는 소리가 들려왔다.

"네가 나를 놀라 죽을 뻔하게 하였구나."

나는 급히 벌떡 일어났고 내가 눈언저리에 묻은 흙을 털자 도망가느라 어깨에 걸쳤던 하얀 외투를 잃어버린 시녀가 내 앞에

서 있었다.

"아니"

나는 당황해서 말했다.

"화가가 여기에 안 왔나요?"

"물론 왔었지요. 적어도 성문에서 만났을 때 내가 추워하니까 그가 나에게 씌워준 그의 외투는 왔었지요."

그런 이야기를 하는 동안에 자비롭고 귀하신 부인께서도 소파에서 벌떡 일어나 우리들이 있는 문가로 왔다. 나의 가슴은 터질듯이 뛰었다. 그러나 내가 똑바로 눈을 떠서 내가 아름다운 나의 연인, 자비로운 부인이 아닌, 완전히 낯선 다른 사람을 보았을 때 나는 기겁을 하지 않을 수 없었다.

그 여자는 덩치가 크고 뚱뚱하며 오만해 보이는 매부리코와 치켜 올라간 검은 눈썹을 한, 놀랄 정도로 아름다운 모습의 건장한 여자였다. 그 여자는 번쩍거리는 큰 눈망울로 나를 위엄 있게 쳐다봐서 나는 겁이 나 어쩔 줄을 몰랐다. 나는 당황한 나머지 계속 허리를 굽혀 굽실거렸고 나중에는 그녀의 손에 키스를 하려고 했다. 그러나 그녀는 급히 손을 뿌리치고 내가 알아듣지 못하는 이탈리아 말로 시녀에게 뭐라고 이야기했다.

그러는 중에 먼저 번의 그 시끄러운 소리 때문에 온 동네가 다시 시끌벅적해 졌다. 개들이 짖고 아이들이 소리 지르고 때때로 남자들의 목소리도 들려왔는데, 그 목소리는 점점 더 정원에 가까이 들려왔다. 그 때 그 여자는 마치 나를 총알로 쏘아죽일

듯이 다시 한 번 쏘아보더니 급히 방 쪽으로 몸을 돌리고 거만
하게 껄껄 웃더니 나의 면전에서 문을 닫았다. 시녀는 그때 나
의 옷자락을 잡더니 나를 정원 문 쪽으로 끌어당겼다.

"당신은 또 다시 바보짓을 한 거예요."

그녀는 도중에 나에게 악의에 차서 말했다. 나 또한 이미 약
이 올랐다.

"제길 할, 당신이 나에게 이리 오라고 하지 않았어요?"

내가 말했다.

"그렇긴 해요"

시녀가 소리쳤다.

"우리 백작마님께서 당신을 좋게 보시고 당신의 창문을 넘어
꽃을 던져주시고 아리아를 불러 주셨는데 대가가 그래 그 모양
이군요! 이제 당신하고는 끝장이요. 당신은 당신 복도 발로 찬
거예요."

"그렇지만"

나는 대꾸했다.

"나는 독일에서 온 그 아름답고 자비로운 백작부인인 줄로 생
각했다오."

"아하"

그 여자는 나의 말을 가로챘다.

"그 분은 당신에 대한 그리움을 안고 독일로 가신 지가 벌써
오래 되었다오. 빨리 그리로 가 봐요. 그 여자는 당신을 그리워

하고 있을 거예요. 거기서 당신은 다시 바이올린을 켜고 달을 바라볼 수 있을 거예요. 그러면 나는 당신을 다시는 보지 않아도 되지요!"

그러나 그 때 우리의 등 뒤에서 매우 요란한 소동이 일어났다. 반대편 정원에서 사람들이 몽둥이를 들고 급히 울타리를 기어 올라가고 있었고, 또 한 무리의 사람들은 욕을 하면서 길을 샅샅이 뒤지고 있었고, 한편 나이트캡을 쓴 겁먹은 표정의 얼굴들이 달빛 속에 여기저기서 생 울타리를 넘어 기웃거리고 있었는데, 그 때의 상황은 마치 갑자기 악마가 나타나 생 울타리와 풀 섶에서 새끼를 까고 있는 것처럼 보였다. 시녀는 오래 지껄이지는 않았다.

"저기 저기 도둑이 도망친다!"

그녀는 정원의 반대편을 가리키면서 사람들에게 소리쳤다. 이어서 그녀는 나를 급히 정원 밖으로 밀어내고 나의 뒤에서 작은 문을 닫았다.

이제 나는 다시 어제 왔을 때처럼 이 넓은 천지, 이 조용한 장소에 외톨이가 되어 홀로 서 있게 되었다. 그 때 달빛을 받으며 마치 천사들이 그 속에서 날아다니는 것 같이 보였던 분수는 아직도 졸졸 흘러 샘물소리를 내고 있었지만, 나의 즐거움과 기쁨은 샘물 속에 빠져버리고 없었다. 나는 그 미친 화가들과 유자 열매와 시녀들이 있는 이 이탈리아에게는 영원히 등을 돌리기로 마음먹고 더 이상 지체 없이 성문 쪽으로 걸어갔다.

제 9 장

늘름한 산줄기 경계서 묻네:
이 고요한 아침에 달리는 게 누구요,
산야를 누비는 나그네여?
나는 산을 보고
혼자 흥겨워 큰 소리로 웃으며
목 놓아 소리친다,
나의 구호, 나의 함성을:
오스트리아 만세!

비로소 주위가 나를 알아보고,
시냇물과 새들이 나를 반기고
수풀과 수목도 제 나름대로,
다뉴브 강은 멀리서 반짝이고,
스테판 교회 탑도 멀리서

산 넘어 나를 반기네.
지금 없더라도 곧 올 것이네,
오스트리아 만세!

　내가 처음으로 오스트리아를 한 눈에 내려다 볼 수 있는 높은
산 위에 서서 기쁜 나머지 모자를 벗어 흔들고 위의 노래의 마
지막 절을 부르는 중에 나의 등 뒤에서 갑자기 브라스밴드의 멋
있는 음악 소리가 들려왔다. 내가 급히 뒤 돌아보니 파란 색의
긴 외투를 입은 세 명의 젊은이가 보였는데, 그 중 한 명은 오보
에를 불고 있었고 또 한 사람은 클라리넷을 불고 있었으며, 세
번째 사람은 머리에 고풍의 삼각모를 쓰고 호른을 불고 있었다.
그들은 갑자기 나의 노래를 온 숲이 쩽쩽 울리도록 반주해 주었
다. 나도 가만히 있지 않고 나의 바이올린을 꺼내 연주하면서
신나게 노래를 불렀다. 그러자 거기 있는 사람들은 서로를 진지
한 표정으로 쳐다보았다. 그 때 호른을 불던 사람은 불룩한 자
기의 볼을 다시 홀쭉하게 하더니 호른을 입에서 떼어 모든 사람
들이 조용해 졌을 때 나를 쳐다보았다. 나도 놀라 연주와 노래
를 중단하고 그들을 쳐다보았다.
　"우리들은 이 남자가 긴 연미복을 입고 있어서 여기서 도보로
여행하며 자연을 감상하는 영국 사람이라고 생각하였다오. 그
래서 우리들은 여비라도 벌어볼까 생각했었지요. 그런데 보아

하니 이 분도 또한 악사인 모양이군요."라고 말했다.

그래서 나는

"나는 원래는 세관원입니다, 그리고 로마에서 직접 왔습니다. 그리고 오래 동안 제대로 먹지도 못한 채 바이올린 하나만 가지고 그럭저럭 살아 왔습니다."라고 대꾸했다.

"요즘은 별로 재미가 없을 거요!"

그 사이 다시 숲 가로 물러섰던 호른 취주자는 그렇게 말하고 자기의 삼각모로 자기들이 피워 논 불을 부채질 하였다. 그는 계속해서 말했다.

"손님들이 조용히 점심식사를 할 때는 취주악기가 더 좋아요. 우리가 아무도 모르게 저 아치형 건물로 들어가서 셋이서 모두 신나게 악기를 붑니다. 그러면 너무 시끄러워서 곧 종업원이 음식을 갖고 나오거나 돈을 갖고 나옵니다. 그런데 선생은 우리와 함께 식사를 하지 않을래요?"

숲에 피워 놓은 불은 잘 탔고 아침은 상쾌했으며 우리들은 잔디에 둘러앉았다. 두 명의 악사는 불 위에 올려놓았던 커피포트와 우유포트를 가져와서 외투 주머니에서 빵을 꺼내 그 음료와 함께 보기에도 재미있을 정도로 맛있게 먹었다. 그러나 호른 취주자는 말했다.

"나는 그 검은 음료를 못 마시겠어."

이어서 그는 나에게 여러 겹으로 겹쳐진 빵 조각의 반을 넘겨주었다. 그리고 난 후 그는 포도주를 한 병 가져왔다.

"선생, 한잔 하시지 않겠어요?"

나는 한 모금 꿀꺽 마셨는데 나는 곧 잔을 내려놓고 얼굴을 잔뜩 찡그리지 않을 수 없었다. 왜냐하면 그것은 너무나 신맛이 나는 저질의 포도주였기 때문이다.

"이것이 이곳에서 생산되는 포도주인데 선생은 이탈리아에서 독일의 술맛을 버리셨겠네요." 하고 호른 취주자가 말했다.

이어서 그는 열심히 자기의 가방을 뒤지더니 찢어진 지도를 한 장 꺼내 보였는데 그 위에는 황제 제복으로 정장을 하고 오른 손에는 홀을 들고 왼손에는 황제의 지구의를 들고 있는 황제가 그려져 있었다. 그가 그 지도를 조심스럽게 땅바닥에 펼쳐보이자 다른 친구들이 다가와서 자기들이 어떤 여행루트를 택할 것인지를 서로 상의했다.

"방학도 이제 끝나가고 있구나."

누군가 한 사람이 말했다,

"우리들은 곧 린츠에서 왼쪽으로 꺾어서 제때에 프라하에 도착해야 돼."

"그래 맞아!"

호른 취주자가 말했다,

"누구에게 실력을 보여줄까? 이곳에는 숲과 광부들뿐이고 예술을 이해할 사람도 없고, 어디 그럴듯한 쉴 곳도 없으니!"

"바보 같은 소리!"

다른 사람이 대꾸했다.

"시골사람들이 나는 더 좋아, 그들은 어려운 사람들의 사정을 잘 이해하고 또 설령 악보가 틀려도 그렇게 문제삼지 않으니까."

"그것이 바로 자네가 뻔뻔스런 놈이라는 뜻이네."

호른 취주자가 말했다.

"나는 비천한 것들이 싫어 그들을 멀리 하노라, 라고 로마의 시인이 말한 것도 모르나."

"여행 중에 틀림없이 교회는 만날 거야."

세 번째 사람이 말했다.

"신부님께 들르지 뭐,"

"칠칠치 못한 친구들이군!"

호른 취주자가 말했다.

"그분들은 우리에게 별로 금전적인 도움은 주지 못하고 우리들더러 쓸데없이 떠돌아다니지 말고 공부나 열심히 하라고 설교할 걸세. 특히 그들이 나에게서 친근감을 느끼면 더욱 그럴 걸세. 아니 성직자들은 같은 성직자를 골탕 먹이지는 않을 걸세. 그 외에 무슨 문제 꺼리가 있겠나? 교수님들도 아직 칼스바드 온천장에 계셔서 강의 시간을 정확히 지키지는 않을 텐데."

"그래 구별할 것은 구별해야지, 제우스신이 할 수 있다고 해서 황소도 할 수 있다고 생각해서는 안 되지!"

또 다른 친구가 대꾸했다.

나는 그들이 프라하 대학의 학생들이라는 것을 알았다. 그리고 그들이 라틴어를 유창하게 하였기 때문에 그들에 대하여 존경심을 느끼기도 하였다.

"선생도 대학에 다녔나요?"

호른 취주자가 나에게 물었다. 나는 내가 늘 대학에 다니고 싶었지만 돈이 없어서 그렇지 못했다고 겸손하게 대답했다.

"그것은 문제가 되지 않아요. 우리들도 돈도 없고 돈 많은 친구도 없어요. 그렇지만 머리만 잘 굴리면 수가 나오지요. 오로라는 뮤즈 신의 친구라오. 그것은 독일어로 말하면 아침에 식사를 많이 하다 시간을 낭비해서는 안 된다는 뜻이지요. 정오의 종소리가 교회 탑에서 탑으로, 산에서 산으로 온 도시에 울려퍼지면, 다른 대학생들이 갑자기 컴컴한 강의실에서 왁자지껄 떠들며 쏟아져 나와 햇빛 속에 좁은 골목을 누빌 때, 우리들은 카푸치너 승려단의 주방에 들어가 잘 차려진 식탁에서 식사를 하거나 혹은, 그렇지 않더라도, 각자 한 사발 가득 밥을 얻어먹게 되는데, 그럴 경우에는 이것저것 물을 것 없이 그저 먹기만 하고 라틴어 학습만 열심히 하면 되는 것이지요. 하느님이 보시더라도 우리들은 날마다 열심히 공부만 하는 것이 되지요. 그러다가 방학이 되어 다른 학생들이 고향으로 돌아가면 우리들은 외투 아래에 악기를 꿰 차고 골목길을 지나 성문으로 나가면 온 세상이 우리 앞에 열려 있다오."

호른 취주자가 말했다.

나는 그가 왜 그렇게 이야기했는지는 모르겠으나 하여튼 공부를 한 사람들이 이 세상에서 그렇게 외롭게 살아야 하는 이유를 알 수 없었다. 나는 그 때 나 자신에 대해서 생각해 보고 나도 별다르지 않다는 것을 깨닫고 눈에 눈물이 고였다. 그러자 호른 취주자는 나를 이상한 눈으로 쳐다보았다.

"그것은 상관없어요."

그는 계속해서 말했다.

"나는 그렇게는 여행하고 싶지는 않아요. 타고 갈 말과 커피와 시트를 깨끗하게 새로 깐 침대와 나이트캡과 구두 닦기 소년이 딸린 여행 말이요. 우리가 아침 일찍이 떠나서 우리 머리 위에 철새들이 날아가고, 어느 집 굴뚝에서 우리를 위한 연기가 날지를 모르면서, 또 저녁이 되기 전에 우리에게 어떤 행복이 기다릴지 모르는 여행이 가장 멋있는 여행이라오."

"그래,"

다른 사람이 말했다.

"그리고 우리들이 가서 일단 악기를 꺼내들기만 하면 모두들 신이 나고, 그리고 우리가 점심때쯤 되어서 시골의 어느 부잣집에 들어서 그 집 현관에서 나팔을 불면 그 집 앞에 동네 처녀들이 모여 함께 춤을 추고, 그러면 그 집 주인은 음악 소리가 더 잘 들리게 대청 문을 열도록 해, 그 사이로 음식 접시들 소리와 고기 냄새가 흥겨운 음악 소리와 어우러지고, 그러면 음식을 나르던 처녀들도 악사들을 보기 위하여 목을 길게 늘어뜨리게 되지."

"정말 그래,"

호른 취주자가 눈을 반짝이며 소리쳤다.

"다른 친구들은 틀에 박힌 일만 하라고 해, 우리들은 그 동안에 신이 우리들에게 보여주고 있는 위대한 그림책을 공부하는 거야! 그래서 신만이 우리들이 농부들에게 뭔가 이야기해주고 또 주먹으로 강단을 쳐서 무식한 그 시골 사람들이 뭔가 배우고 또 느껴서 가슴이 터지게 할 수 있는 사람들이라는 것을 알거야."

그들이 그러한 이야기를 나누고 있을 때 나도 내가 마치 그들과 함께 대학에 다니는 것 같은 기분이 들어 흐뭇했다. 나는 내가 들어서 무언가 이득이 되는 대학생들의 이야기가 조금도 지루한 줄 몰랐다. 그러나 그럴듯한 이성적인 대화는 이루어지지 못했다. 왜냐하면 한 학생이 방학이 곧 끝날 것 같아 마음이 불안했기 때문이다. 그래서 그는 자기의 클라리넷을 급히 조립하여 악보를 무릎 위에 올려놓고 그가 프라하에 도착하면 미사 때 연주할 어려운 악절을 연습했다. 그 때 그는 앉은 채 손가락과 입으로 연주하면서 때때로 실수를 해서 보는 사람으로 하여금 비애를 금치 못하게 하였으며 또한 그의 말소리도 이해할 수 없었다. 갑자기 호른 취주자가 낮은 목소리로 소리쳤다.

"좋아, 잘 됐어."

그러면서 그는 즐거운 듯이 옆에 놓인 지도를 쳤다. 옆의 친구가 갑자기 열심히 나팔을 불던 것을 중단하고 놀란 표정으로 그를 쳐다보았다.

"내말 들어봐,"

호른 취주자가 말했다.

"비엔나에서 멀지 않은 곳에 성이 하나 있어. 그곳에는 문지기가 한 사람 있는데 그 문지기는 나와 사촌간이야! 나의 귀한 친구들아. 그리로 가자, 그 사촌형에게 인사만 잘 하면 그가 우리를 잘 돌봐 줄 거야!"

나는 그 소리를 듣고 깜짝 놀랐다.

"혹시 그가 파곳을 연주하지 않습니까? 그리고 키가 크고 체격이 좋고 게다가 크고 품위 있는 코를 갖고 있지 않나요?"

호른 취주자는 고개를 끄덕였다. 내가 기뻐서 그를 껴안자 그의 머리에서 삼각모가 떨어졌고 우리들은 그렇게 해서 모두 함께 우편선박을 타고 아름다운 백작부인의 성에 가기로 결의했다.

우리들이 강가에 왔을 때 모든 출발준비는 완료되어 있었다. 배가 밤새 머물렀던 여관집의 뚱보 주인아저씨는 활짝 열어젖힌 대문 안에 느긋하게 서서 작별을 앞두고 온갖 수다를 늘어놓았고, 한편 집의 창문마다에서는 처녀들이 머리를 내밀고 배로 짐을 나르는 사공들에게 친절히 머리를 끄덕이며 인사를 했다. 회색 외투를 입고 검은 목도리를 걸친 채 같이 배를 타고 가려는 늙수그레한 어떤 남자가 물가에서 젊고 날씬하며 긴·가죽 바지를 입고, 몸에 딱 달라붙는 자주색의 상의를 걸친 채 자기 앞에 있는 멋있는 영국산 조롱 말 위에 앉아 있는 남자와 열심히 이야기를 나누고 있었다. 놀랍게도 그들은 나를 가끔 힐끗 힐끗 쳐다보며 내 이야기를 하는 것처럼 보였다. 마침내 그 늙은이는 껄껄 웃었고 그 날씬한 젊은이는 채찍질을 하더니 자기 머리 위의 종달새들에게 질세라 아침 공기를 타고 뛰어올라 아름다운 대지 위로 사라져 버렸다.

그 사이에 대학생들과 나는 주머니를 털어서 돈을 모았다. 뱃사공은 웃더니 우리가 간신히 주머니를 털어 모은 동전을 뱃삯으로 세어 지불하자 고개를 설레설레 저었다. 나는 다뉴브 강을 내 앞에 오랜만에 다시 보게 되어 기뻐서 환호성을 질렀다. 우리들은 급히 배 위로 올라갔고 사공이 신호를 하여 마침내 우리들은 상쾌한 아침 공기를 가르며 산과 풀밭을 지나 하류로 흘러 갔다.

숲에서는 새들이 지저귀고 강 양쪽 멀리 있는 마을들에서는 아침 종소리가 들려왔으며 때때로 하늘 높이 종달새 노래 소리가 들렸다. 그런데 배 안에서는 카나리아 소리가 들려서 멋있게 어울렸다. 그 새는 배에 동승한 어떤 예쁜 아가씨의 것이었다. 그 여자는 새장을 자기 곁 가까이에 두고 있었고, 또 한 편에는 빨래한 옷가지를 팔 아래 끼고 있었는데, 그 여자는 혼자 조용히 앉은 채 흐뭇한 표정으로 자기 앞 치마 밑에 나와 있는, 그녀가 새로 사 신은 예쁜 구두를 바라보다가 다시 자기 앞에 보이는 강물을 내려다보았다. 그 때 아침햇살이 그녀의 하얀 이마위에 비치고 있었고, 그 이마 위의 머리칼은 깨끗하게 빗어져 가리마가 잘 되어 있었다. 나는 대학생들이 계속해서 그녀의 옆을 지나다니고 또한 호른 취주자가 헛기침을 하며 넥타이를 고쳐 매거나 삼각 모자를 만지작거리는 모습으로 보아 그들이 그녀와 점잖게 이야기를 나누고 싶어 하는 것을 눈치 챘다. 그러나 그들은 용기가 없었고 그 아가씨도 그들이 가까이 다가올 때마다 눈을 살며시 내리떴다.

그러나 그들은 특히 난간 맞은편에 앉아있는 회색의 상의를 입고 있어서 그들이 성직자로 믿고 있었던 늙수그레한 남자 앞에서는 행동을 조심했다. 그 사람은 자기 앞에 경본을 펴 놓고 읽고 있었으며, 그러다가 그는 가끔 책에서 머리를 들고 아름다운 경치를 감상했다. 그런데 그 책의 금박칠이 된 절단면과 그 안에 들어있는 다채로운 성화들이 햇빛을 받아 반짝였다. 그 때 그는 배 위에서 일어나는 일들에 관하여 잘 알고 있었고 게다가 그는 새들의 깃을 보고 그 새가 무슨 종류의 새 인지도 알아보았다. 얼마 지나지 않아 그가 대학생 중 한 사람에게 라틴어로 말을 걸자 세 학생이 모두 다가와 그의 앞에서 모자를 벗고 그에게 똑같이 라틴어로 대답했다.

그러나 나는 그 사이 배의 맨 앞머리에 앉아서 즐거운 기분으로 발을 물위에 늘어뜨리고, 배가 계속 달려서 물결이 나의 발 아래서 쏴 쏴 소리를 내며 거품을 일고 있을 때 계속해서 푸른 빛이 감도는 저 먼 곳에서 건물의 탑들과 성들이 차례로 강변에 나타났다가 다시 사라지는 광경을 바라보았다. 내가 날개가 있다면 얼마나 좋을까! 나는 혼자 생각하고 마침내 내가 귀중하게 여기는 바이올린을 꺼내 들고 내가 고향에서 불렀거나 혹은 아름다운 그 여인의 성에서 배웠었던 온갖 노래들을 연주했다.

그 때 갑자기 누가 나의 뒤에서 어깨를 쳤다. 그것은 다름 아닌, 그 동안에 보던 책을 치우고 나의 음악에 귀를 기울였던 그 성직자였다.

그는 웃으면서

"여보, 악사 양반, 식음도 잊으셨군요."라고 말했다.

그리고 나서 그는 나에게 바이올린을 그만 치고 간단하게 요기를 하자면서 나를 선원들이 배 한 가운데에 어린 자작나무와 전나무로 만들어 놓은 작은 정자로 데리고 갔다. 거기서 그는 식탁을 차리게 해서 우리들, 즉 나와 학생들과 그 젊은 처녀까지도 술통과 상자 위에 삥 둘러 걸터앉게 되었다.

그 성직자는 종이에 조심스럽게 싸여진 큼지막한 고깃점과 버터를 꺼내고, 또 통에서 여러 병의 포도주와 안쪽이 금으로 도색된 은잔에 포도주를 따르고 먼저 맛을 보더니 냄새를 맡아보고 다시 검사를 하더니 우리들 모두에게 따랐다. 학생들은 술통 위에 꼿꼿이 앉은 채 어려워서 제대로 먹거나 마시지도 못했다. 처녀도 입을 술잔에 대고 수줍은 듯이 나를 한번 쳐다보다가는 학생들을 쳐다보기도 하였지만 그녀가 우리들을 자주 쳐다보면 볼수록 그녀는 점점 더 대담해 졌다.

그녀는 마침내 성직자에게 자기가 처음으로 집을 떠나 일자리를 찾아, 사기가 모실 귀족의 성으로 고용살이를 가게 되었다고 말했다. 그 말을 하는 중에 그녀가 나의 아름답고 자비로운 여인의 성 이야기를 해서 나는 흥분하여 얼굴이 붉으락 푸르락 했다.

"그렇다면 저 여자는 장차 나의 시녀가 되는 셈이군!"

나는 그렇게 생각하고 그녀를 자세히 쳐다보았는데 그 때 나는 거의 현기증이 나는 것 같았다. 그러자 그때 성직자 어른께서

"그 성에서 곧 결혼식이 있다지."라고 말했다.

그러자 처녀는 그 이야기에 대해서 더 알고 싶어서

"네, 그렇답니다, 백작 부인은 시인하지 않았지만 그것은 꽤 오래된 사랑의 이야기라고 하더군요."라고 말했다.

성직자 양반은 다만 "으흠, 으흠" 하면서 술잔에 술을 가득 붓고 심각한 표정을 지으면서 조금씩 술을 홀짝거렸다. 나는 양팔을 식탁 위에 크게 뻗치고 이야기를 자세히 들으려고 애썼다. 성직자 양반은 곧 눈치를 채고 말했다.

"솔직히 말해서 그 두 분의 백작 부인들께서 나에게 그 신랑감이 혹시 이미 이곳에 와 있는지 알아보라고 나를 보냈다오. 로마에 있는 어떤 부인이 내게 그가 그곳을 떠난 지가 오래 되었다고 편지로 기별하였다오."

그가 로마에 있는 여자 이야기를 꺼냈을 때 나의 얼굴은 다시 빨갛게 달아올랐다.

"혹시 어른께서는 신랑감을 아십니까?"

나는 당황해서 물었다.

"아뇨, 그렇지만 그 친구는 떠돌아다니기를 좋아하는 사람이라 하더군요." 하고 그 영감이 말했다.

그래서 나는 급히

"그래요 그는 가능한 한 어떤 새장에도 갇혀 있지 않고 그것을 뛰쳐나와 시간만 있으면 언제나 신나게 노래 부르는 새와 같은 사람이죠." 하고 대꾸했다.

"그리고 타향을 떠돌아다니고 밤에는 골목길을 헤매고 날이 새면 남의 집 문전에서 잠을 자는 친구인 모양이야." 성직자 어른이 담담하게 말했다.

그 말을 들으니 나는 불쾌했다.

나는 화가 나서

"어른께서는 잘못 들으신 것 같습니다. 그 신랑감은 윤리 도덕을 잘 지키고 몸이 날씬하며 장래가 유망한 청년으로 이탈리아에서 그는 어느 유서 깊은 성에서 백작 부인들과 화가들과 시녀들과 함께 잘 교제하며 지냈고 돈도 잘 관리하며 살 줄 아는 사람입니다. 그리고 그 사람은…"

그러자 그 성직자는

"당신이 그 사람을 그렇게 잘 아시는지는 몰랐네요." 하면서 그의 얼굴이 푸른 기가 나고 눈에 눈물이 고일 정도로 파안대소했다.

그러자 처녀가 다시 말을 했다.

"저는 신랑감이 아주 훌륭하고 돈도 많은 사람이라고 들었어
요."

"아, 그래요. 여러 말이 많아요."

성직자 양반이 소리를 지르며 정신없이 웃다가 급기야는 심
하게 기침을 했다. 그는 다시 숨을 돌리더니 술잔을 높이 들고
소리쳤다.

"신랑 신부 만세!"

나는 그 성직자에 대하여, 그리고 그의 말에 대하여 어떻게
생각을 해야 될지 몰랐지만 하여튼 로마 이야기 때문에 많은 사
람들 앞에서 나 자신이 지금 사람들이 찾고 있는 행운의 신랑감
이라는 사실을 그에게 말하기가 부끄러웠다.

술잔은 다시 바쁘게 돌아갔고, 그때마다 성직자는 모두에게
다정하게 이야기했으며 그래서 모두들 그에게 호감을 갖게 되
었고, 결국에는 모두가 서로 화기애애한 가운데 이야기를 나누
게 되었다. 학생들도 점점 말이 많아져 자신들의 산악 여행에
관하여 이야기를 하더니 마침내 악기들을 가져와 신나게 불기
시작했다. 그 때 서늘한 강바람이 정자의 나뭇가지 사이를 불어
왔고 석양은 빠른 속도로 우리들 곁을 스쳐지나가는 숲과 계곡
을 황금색으로 물들였으며, 한편 강변에서는 호른의 선율이 울
려 퍼졌다.

그 후 성직자 어른이 음악에 취해서 기분이 좋아져 자신의 젊
은 시절의 이야기, 즉 그가 어떻게 방학이면 산과 계곡을 찾아

여행했으며, 또한 그 때가 비록 배고프고 목마른 때도 있었으나 언제나 즐거웠으며, 또한 대학생활이라는 것이 따지고 보면 원래 가깝고 불안한 중고등학교 생활과 진지한 사회생활 사이에 낀 긴 방학과 같은 것이라고 이야기하자, 학생들은 다시 한 번 술잔을 돌리더니 새롭게 음을 고르고 나서 멀리 산속까지 울려 퍼지도록 노래를 불렀다:

철새들 모두 남쪽으로 날아갈 때,
흥겨운 방랑객 아침 햇살에
모자를 흔드네.
학생들 성문을 향하여 달리며,
이별 곡을 연주하네.
모두들 안녕,
정든 프라하여, 우리는 떠난다오.
난로 가에 앉아 마음편한 사람이
정말 행복한 사람이라오!

밤거리를 돌아보면,
창가의 불빛 아른거리고
선남선녀 얼싸 안고 돌아가네.
창가에 서서 나팔 불어

갈증 느낄 때면,
주인장, 시원한 술 한 잔 주쇼!
술병 나르는 아이 어깨너머로
팔자 좋은 영감이 보이네,
자기 집 안방 난로 가에 앉은 팔자 좋은 영감이!

숲 속에는 벌써
찬바람 불어오고,
우리들은 들판을 달려
눈비로 몸은 젖었지만,
외투는 바람에 휘날리고
신발은 헤졌어도,
우리는 신나게 나팔을 불고 노래를 부른다네.
자기 집 안방 난로 가에 앉아
마음편한 사람이 정말 행복한 사람이라오!

　　나와 뱃사공과 처녀, 우리 모두는 라틴어를 모르지만 환호성
을 지르며 노래의 후렴을 함께 불렀으나 그 중에서도 특히 내가
가장 신나게 노래를 불렀다. 왜냐하면 나는 그 때 벌써 멀리 내
가 일했던 세관 건물과 곧 이어서 나무들 위로 백작의 성이 저
녁노을 속에 나타난 것을 보았기 때문이다.

제10장

마침내 배는 뭍에 닿았고 우리들은 새장 속의 새들이 새장이 갑자기 열렸을 때처럼 뭍으로 뛰어나가 사방팔방 숲 속으로 흩어졌다. 성직자 양반은 급히 작별인사를 하고 성 쪽으로 성큼성큼 걸어갔다. 그와는 반대로 대학생들은 급히 한적한 수풀로 들어가서 외투를 벗고 물이 졸졸 흐르는 냇가로 가서 몸을 씻고 서로 면도를 해 주었다. 새롭게 시녀가 된 처녀는 카나리아 새와 보따리를 팔에 끼고 내가 좋은 여자라고 소개한, 성 아래 있는 여관집 아주머니에게 들려 성 안에 들어가기 전에 좋은 옷으로 몸치장을 했다. 그날 저녁은 특히 나에게는 아름답게 느껴졌다. 나는 사람들이 다 흩어졌을 때 더 이상 깊은 생각 없이 성주님의 정원으로 달려갔다.

가는 길에 지나가야 했던 나의 세관건물은, 있던 자리에 여전히 서 있었고 그 위에서 성주님 정원의 키 큰 나무들이 바람소리를 내고 있었으며, 마치 이 세상에 그 동안 아무 일도 없었다는 듯, 그 당시 해가 질 때면 어김없이 창가의 밤나무에서 노래 불렀던 금방울 새는, 오늘도 여전히 노래하고 있었다. 세관의 창문이 열려 있어서 나는 기쁜 나머지 머리를 방 안으로 밀어 넣어 보았다. 그 안에는 아무도 없었으나 벽시계는 여전히 계속해서 조용하게 똑딱거리고 있었으며 책상은 창가에 서 있었고 긴 담뱃대는 여전히 한쪽 구석에 서 있었다. 나는 그냥 보고 있을 수가 없어서 창문을 통해 들어가서 커다란 출납부가 놓여있는 책상에 앉아 보았다. 그 때 햇빛이 옛날처럼 창문 앞에 서 있는 밤나무 사이를 뚫고 펼쳐져 있는 출납부의 숫자 위에 푸르스름한 빛으로 비치고 있었고 벌들은 열린 창가에서 이리 저리 윙윙거리며 날고 있었으며, 밖에 있는 나무 위에서는 금방울 새가 노래 부르고 있었다.

그러나 갑자기 방문이 활짝 열리더니 내가 입었었던 점박이 실내용 가운을 입은 키가 큰 늙은 세관원이 들이닥치지 않는가! 그는 뜻밖에 나를 보자 문가에 우두커니 서 있더니 코에서 안경을 벗어들고 떫은 표정으로 나를 쳐다보았다. 그러나 나는 무척 놀라서 말한 마디 못하고 벌떡 일어나 문 밖으로 뛰어나와 작은 정원을 통해 달렸는데 거기서 나는 곧, 아마도 그 동안 늙은 세관원이 문지기의 조언에 따라 꽃 대신에 심어놓았던, 감자 넝쿨에 재수 없게 발이 감겼다. 그가 문 앞을 달려오며 나의 뒤에서 욕하는 소리를 들었지만 나는 곧 높은 정원 담 위로 올라가서 가슴을 헐떡거리면서 백작의 정원 안을 들여다보았다.

그곳에서는 온갖 새들이 잔치를 벌이고 있었다; 빈 터와 길 위에는 인적이 없었지만 황금빛으로 물든 나무들은 저녁바람을 타고 나에게 인사하듯 흔들렸고 옆으로 깊은 골짜기에서는 때때로 나무 가지 사이로 다뉴브 강의 물결이 반짝 반짝 빛나고 있었다.

갑자기 조금 떨어진 정원 안에서 노래 소리가 들려왔다:

사람의 마음이 조용할 때면,
대지는 꿈꾸듯 바람소리 들리고,
아름다운 수목 속에
내 마음 알 수 없게,
옛날의 가벼운 슬픔이,
전율되어
번개처럼 가슴을 스치누나.

그 목소리와 그 노래는 내가 마치 언젠가 꿈속에서 들어본 것처럼 아름답게 들렸고 또한 귀에 익은 것 같았다. 나는 오래 동안 곰곰이 생각해 보았다. 나는 마침내 기쁨에 넘쳐서 "저것은 기도 씨임에 틀림없어"라고 소리치고 급히 정원으로 뛰어 내려 갔다. 그것은 다름 아닌, 내가 어느 여름날 이탈리아의 음식점에서 그를 마지막으로 보았을 때 그가 불렀던 바로 그 노래였던 것이다. 그는 계속해서 노래를 불렀고 나는 그 노래 소리를 찾아 밭과 수풀을 가로 질러 뛰어갔다. 내가 정원 끝자락에 있는 장미 수풀 사이에 나타났을 때 나는 마술에 걸린 듯이 갑자기 멈춰 섰다. 왜냐하면 백조의 호수 곁에 있는 푸른 광장에 저녁 햇살을 받으며 아름답고 자비로운 나의 여인이, 화려한 옷차림에 백색과 적색의 장미꽃으로 만든 화환을 쓰고 검은 머리에 눈을 내리 깐 채, 돌 벤치에 앉아 노래 소리를 들으며 오래 전에 내가 그녀에게 아름다운 여인에 관한 노래를 불렀을 때, 그녀가 배를 타고 그랬던 것처럼 승마용 채찍으로 잔디를 톡톡 두드리고 있었기 때문이다. 그녀의 맞은편에는 또 다른 여자가 앉아 있었는데 그 여자는 갈색의 고수머리를 하얀 목덜미에 늘어뜨린 채 내 쪽으로 몸을 돌리고 기이타에 맞춰 노래를 부르고 있었고, 한편 고요한 호수 위에는 백조들이 천천히 원을 그리며 헤엄치고 있었다. 그 때 갑자기 그 아름다운 나의 여인이 눈을 들어 나를 보자 소리를 질렀다. 다른 여자도 급히 나에게로 몸을 돌려 고수머리가 그녀의 얼굴에 흩날렸고 그녀가 나를 똑바로 알아보자 매우 심하게 깔깔대고 웃더니 벤치에서 일어나 세 번 손뼉을 쳤다. 그 순간에 한 무리의 꼬마 소녀들이 새하얀 짧은 치마를 입고 녹색과 빨강색의 리본을 단 장미 꽃다발을 들고 나타났는데, 나는 그들이 어디에 있다 나왔는지 알 수가 없었다. 그들은 기다란 꽃다발을 손에 들고 있다가 나를 둘러싸고 원을

그리더니 나의 주위를 돌며 춤을 추고 노래를 불렀다:

당신에게 순정의 꽃다발을 바칩니다.
오랑캐꽃 보라 빛 비단으로 예쁘게 꾸민,
즐겁게 춤을 춥시다.
즐거운 혼인식에 어울리게
아름다운 녹색의 신부의 꽃다발,
비단으로 장식된 파란 오랑캐꽃.

그들은 가극단 프라이쉿첸의 회원들이었다. 노래를 부르는
어린 가수들 중 몇몇은 내가 알아볼 수 있는 사람들로서 그들은
시골 마을에서 온 소녀들이었다. 나는 그들의 얼굴을 꼬집어 주
고 그들의 포위를 벗어나고 싶었지만 그 어린 깜찍스러운 꼬마
아가씨들은 나를 놓아주지 않았다. 나는 이야기가 어떻게 돌아
가는지 알 수 없어서 멍하니 서 있었다. 그 때 갑자기 멋있는 사
냥복 차림의 한 젊은이가 덤불 속에서 나타났다. 그 때 나는 나
의 눈을 의심하지 않을 수 없었다. 그 사람은 다름 아닌 그 쾌활
한 성격의 레온하르트 씨였던 것이다. 어린 소녀들은 원을 풀고
갑자기 모두 마술에 걸린 듯이 움직이지 않고 한 쪽 발에 몸을
의지하고 다른 발은 공중으로 높이 든 채 양팔로 꽃다발을 머리

위로 높이 들어 올린 자세로 서 있었다. 그 때 레온하르트 씨는 아직도 조용히 서서 가끔씩 나를 바라보고 있는, 아름답고 자비로운 여인의 손을 잡고 내가 있는 곳 까지 그녀를 데려와서 말했다.

"사랑은 －모든 학자들의 공통된 생각이지만 － 인간의 마음에서 우러나오는 가장 대담한 개성의 표현이며, 그것은 형형한 눈빛으로 모든 신분과 계급의 아성도 무너뜨릴 뿐 아니라 세상마저도 그 앞에서는 너무 비좁고 영원도 오히려 짧은 것입니다. 사랑은 모든 공상가가 한번은 추운 날에 따뜻한 초원으로 갈 때 둘러 입는 시인의 외투와 같은 것이라오. 그리고 서로 사랑하는 사람들이 멀리 떨어져 있을 때는 멀리 있을수록 여행 중에 부는 바람은 더욱 아름답게 불어서 외투자락은 더욱 아름답게 펄럭이고, 그러면 그럴수록 주름잡힌 치마가 더욱 대담하고 더욱 놀랍게 보이며, 그럴수록 그 외투는 점점 더 길어져서 다른 사람들은 실수로 그 옷자락을 밟지 않고는 땅에 발을 디딜 수가 없는 것이라오. 오 친애하는 세무사 신랑양반! 그대가 이 외투를 입고 티베르 강가를 거닐었어도 여기 있는 이 신부의 작은 손이 그대의 옷자락을 꽉 잡아서 그대가 아무리 용을 쓰고 바이올린을 켜고 소란을 피우고 다녔어도 그대는, 그녀의 이 아름다운 눈의 고요한 마력에서 헤어나지 못하고 돌아와야만 했다오. 그리고 일이 그렇게 되었으니 그대 사랑스런 연인들이여, 그 행복

의 외투로 서로를 감싸서 세상만사를 잊어버리고 한 쌍의 토끼
처럼 사랑을 나누고 행복하게 사시오!"

레온하르트 씨가 설교를 채 끝내기도 전에 먼저 노래를 불렀던
다른 여자가 나에게 다가와서, 나의 머리 위에 새로 만든 도금양
의 화환을 재빨리 얹어주고 내 앞에서 얼굴을 붉히며 화환을 나
의 머리칼에 단단하게 매어 주면서 재미있게 노래를 불렀다:

　　내가 머리 숙여
　　당신의 머리를 치장해 준 것은
　　당신의 연주가 이따금씩
　　나의 심금을 울렸기 때문이라오."

그리고 나서 그녀는 몇 발짝 뒤로 물러났다.
"그대는 그 옛날 어느 날 밤인가 당신을 나무에서 흔들어 떨
어뜨린 그 강도들을 아직도 기억하고 있나요?" 하고 그녀는 나
에게 무릎을 구부려 절을 하면서, 또한 나의 마음이 몹시 흡족
할 정도로 애교 있고 정답게 나를 바라보면서 말했다. 그리고
나서 그녀는 나의 대답을 기다리지도 않고 나의 주위를 한 바퀴
돌았다.

"정말 변한 것이라고는 아무것도 없군요. 저 커다란 가방을
보세요."

그녀는 신부가 된 귀하신 여자에게 소리쳤다.

"바이올린과 빨래거리, 면도칼, 여행가방, 모두 엉망으로 섞
여있군요!"

그녀는 나를 이리 저리 돌려 세우고 살펴보더니 우스워서 어
쩔 줄을 몰라 했다. 그 사이 신부가 된 아름답고 자비로운 여자
는 조용히 앉아 있으면서 부끄럽기도 하고 또 정신이 얼떨떨해
서 눈을 들지 못했다. 나는 때때로 그녀가 그 많은 수다와 농담
때문에 화가 나지나 않았나 하는 생각이 들었다. 마침내 그녀는
갑자기 눈물을 흘리며 얼굴을 그 다른 여자의 가슴에 묻었다.
그러자 그 여자는 처음에는 놀란 표정으로 그녀를 바라보다가
다정스럽게 그녀를 가슴에 껴안았다. 나는 그때 매우 얼떨떨한
기분으로 멍하니 거기에 서 있었다. 왜냐하면 내가 그 낯선 여
자를 자세히 보면 볼수록 나는 더욱 분명하게 그 여자가 다른
사람이 아니라 바로 그 젊은 화가 기도라는 것을 알게 되었기
때문이다. 나는 무어라 말해야 할지를 몰랐다. 그래서 레온하르
트 씨가 그녀에게 가까이 다가와서 은밀하게 그녀와 이야기를
했을 때 자세히 물어보려고 했는데 그 때 나는 그가 "저 친구 아
직도 모르고 있어?" 하고 묻는 소리를 들었다. 그러자 그 여자
는 머리를 저었다. 그리고 나서 그는 잠시 생각하다가 마침내
"아니야, 아니야, 저 친구가 빨리 알아야 돼, 그렇지 않으면 말

들이 많아지고 일이 복잡해 질 거야"라고 말했다.

그는 나에게로 몸을 돌리고

"세관원 나으리, 우리들은 별로 시간이 없으니 제발 나중에 질문을 던지고 놀라고 머리를 저으며 사람들에게 옛날 예기를 꺼내는 일이 없도록, 또한 새롭게 이야기를 꾸며내거나 혹은 억측을 하는 일이 없도록 빨리 모든 상황을 파악해 보시오."라고 말했다.

그는 이 말을 하면서 나를 수풀 속으로 더 깊이 끌고 갔는데, 그 때 그 처녀는 그 아름답고 자비로운 여자가 버렸던 말채찍용 나무 가지를 허공에 휘저어서 그녀의 고수머리가 온통 얼굴을 덮었지만 나는 그 사이로 그녀의 얼굴이 이마까지 온통 붉게 물들어 있는 것을 보았다.

"그런데" 하고 레온하르트 씨가 말했다.

"거기에 대해서 아무것도 알지 못하는 척 하는 플로라 양이 눈 깜짝할 사이에 자신의 마음을 어떤 다른 사람의 마음과 바꿔치기를 하였습니다. 그러는 중에 다른 사람이 와서 온갖 수다와 나팔과 꽹과리를 치면서 자신의 마음을 피력하고 그 대가로 그녀의 마음을 사려고 합니다. 그러나 그녀의 마음은 이미 다른 사람에게 가있고 또한 그 다른 사람의 마음도 그녀에게 가 있는 상태인데, 지금 그 사람은 자기의 마음을 다시 찾으려 하지 않고 그녀의 마음도 또한 돌려주려고 하지 않고 있습니다. 모든 세상이 아우성인데 당신은 아직 그 소설을 읽지 않았단 말이요?"

나는 부인했다.

"그렇지만 당신은 한 가지는 같이 했지요. 간단히 말해서 그 어떤 사람이, 다시 말해서 내가 마지막 단계에 개입하여 소위 마음의 혼란을 일으킨 것이라오. 나는 어느 후덥지근한 날 밤에 말을 타고 그 아가씨를 화가 기도로 위장시키고 다른 말에 태워 그녀가 마음의 안정을 찾을 때까지 이탈리아에 있는 나의 한적한 성들 중의 하나에 숨겨두기 위하여 남쪽으로 달렸던 것이라오. 그러나 도중에 사람들은 우리의 뒤를 밟았고 당신이 그 앞에서 훌륭하게 보초를 섰던 그 이탈리아의 레스토랑 발코니에서 플로라는 갑자기 우리의 뒤를 밟아오는 사람들을 보게 되었던 것이라오."

"그러니까 그 꼽추 같은 노인이"

"바로 간첩이었단 말이오. 그래서 우리들은 몰래 숲 속으로 들어가서 당신을 이미 정해진 우편마차의 코오스에 따라 계속 달리게 하였던 것이오. 그렇게 해서 우리들의 추격자들을 속일 수 있었고 게다가 그것이 지나쳐서 성안의 사람들 까지도 속여서, 그들은 변장한 플로라를 시간마다 기다리면서 똑똑해서라기보다는 지나친 성실성으로 당신을 그 아가씨로 여겼던 것이라오. 실제로 이곳 성에서도 사람들은 플로라가 바위 위에서 살고 있다고 믿었고 그래서 사람들은 여러 가지로 알아보고 또 그녀에게 편지도 썼었는데 혹시 당신 편지 받아본 적 없어요?"

그 소리를 듣고 나는 급히 주머니에서 종이쪽지를 뽑아들었다.

"이거 말이요?"

"그것이 나에게 온 것이요"

지금까지 우리들의 이야기를 못 들은 척 했던 플로라 양이 그렇게 말하면서 나의 손에서 그 쪽지를 채 가더니 한번 슬쩍 읽어보고는 자기의 품에 꽂아 넣었다.

"자 그럼 이제 모든 사람들이 기다리고 있는 성으로 올라갑시다. 끝으로 일은 모두 잘 되었고 만남과 후회와 화해 등 마치 아름다운 소설 같은 이야기가 끝이나 우리들은 지금 반갑게 서로 만날 수 있게 되었고, 또한 결과적으로 내일 모레 결혼식을 올리게 되었다오!" 라고 레온하르트 씨가 말했다.

그가 아직 이야기를 끝내기도 전에 숲 속에서 갑자기 팀파니와 나팔, 온갖 피리 소리가 자지러질 듯 울려 퍼지고 사이사이 축포가 터지고 만세 소리가 울려 퍼졌으며 어린 소녀들이 다시 춤을 추기 시작하였고, 또한 숲 속 여기저기서 마치 땅속에서 솟아나듯 사람들의 머리가 계속해서 줄줄이 나타났다. 나는 황망한 중에 이리 뛰고 저리 뛰어다녔지만 날이 어두웠기 때문에 한참 후에야 비로소 그 모든 사람들의 얼굴을 알아볼 수 있었다. 늙은 정원사와 팀파니를 울리고 망토를 걸친 프라하의 대학생들은 한데 섞여 음악을 연주하고 있었으며, 또한 문지기도 그들 곁에서 열심히 자기의 파곳을 연주하고 있었다. 나는 뜻밖에 그를 보게 되어 곧 그에게 달려가 힘차게 껴안았다. 그러자 그는 어리둥절한 표정이었다.

"아 그래, 이 친구, 멀리 여행을 다녔어도 변한 게 없네!"

그는 대학생들에게 보라는 듯이 소리치더니 계속 악기를 불었다.

그러는 중에 아름답고 자비로운 부인은 소란을 피해 살며시 자리를 떠서 마치 놀란 노루처럼 정원 안 잔디밭으로 사라졌다. 나는 제때에 그것을 발견하고 급히 그 여자의 뒤를 따라갔다. 음악을 연주하던 사람들은 연주에 열중해서 그것을 눈치 채지 못하고 나중에 가서야 우리들이 성으로 갔다고 생각하고 악대 전원이 음악을 연주하며 요란스럽게 똑같이 그곳으로 행진했다.

그러나 우리들은 거의 같은 시각에 열려진 창문이 멀리 깊은 계곡으로 향한 채 정원의 경사면에 놓여있는 여름별장에 도착했다. 태양은 서산에 진 지 오래고 다만 따뜻한 기운이 감도는, 저물어가는 저녁하늘 위에 붉으스레 황혼이 깃들었으며 주위가 고요해질수록 더욱 더 다뉴브 강물소리는 더 잘 들렸다. 나는 몸을 움직이지도 않고 똑바로 백작부인을 쳐다보았는데 그 때 그 여자는 달려오느라 몸에 열이 식지 않은 상태로 내 앞에 서 있었으며, 그녀의 가슴은 내 귀에 들릴 정도로 심하게 뛰었다. 나는 갑자기 그녀와 단 둘이 있게 되니 어려워서 무슨 말을 해야 할지 몰랐다. 마침내 나는 마음을 굳게 먹고 그녀의 작고 하얀 손을 잡았다. 그러자 그녀는 나를 급히 끌어안고 나의 목덜미에 몸을 맡겨서 나는 양팔로 그녀를 꽉 안아주었다.

그러나 그 여자는 곧 급히 몸을 떼고 당황한 표정으로 열이 나는 자기의 얼굴을 저녁 공기에 식히기 위하여 몸을 창문에 기대었다.

"아," 나는 소리쳤다,

"가슴이 터질 것만 같아요, 그러나 아무 생각도 나지 않고 모든 일이 마치 꿈을 꾸는 것 같아요!"

"저도 그래요"

그 아름답고 자비로운 여자는 말했다.

"지난 여름에"

그녀는 잠시 후에 말했다,

"내가 백작부인과 로마를 떠났을 때 그리고 우리들이 플로라 양이 잘 있는 것을 보고 그녀를 다시 데리고 오고 또 그곳에서나 여기서나 당신에 관해서 아무런 소식을 듣지 못했을 때도 나는 모든 일이 이렇게 될 것이라고 생각하지 못 했어요. 오늘 점심때야 비로소 착하고 날쌘 역마꾼이 숨을 헐떡거리며 성으로 달려와서 당신이 우편선을 타고 온다는 소식을 전해 주었어요."

그리고 나서도 그 여자는 계속 조용히 혼자 웃고 있었다.

"기억하세요,"

그녀는 말했다,

"발코니에서 나를 마지막 보았던 그날을? 그때도 오늘처럼 고요한 저녁이었고 정원에서는 음악이 울려 퍼졌었지요."

"도대체 누가 죽었나요?"

내가 급히 물었다.

" 누가 죽다니요?"

그녀는 그렇게 말하고 나를 놀란 표정으로 쳐다보았다.

"그날 함께 발코니에 서 있었던 그 양반 말이에요"

내가 대답했다. 그녀는 얼굴이 빨개졌다.

"무슨 말씀이에요 !"

그녀는 큰 소리로 말했다.

"그 사람은 마침 여행에서 돌아왔던 백작부인의 아들이었어
요, 그런데 그 날이 마침 나의 생일이었기 때문에 나도 축하 인
사를 받게 하기 위하여 그 분이 나를 발코니에 같이 있게 한 것
이었어요. 그런데 그래서 당신은 이곳을 떠나버린 것이군요?"

"아, 그랬어요!"

나는 큰 소리로 말하고 손바닥으로 나의 이마를 쳤다. 그러자
그녀는 머리를 흔들며 깔깔대고 웃었다.

그녀가 그렇게 정답고 친근하게 나의 곁에서 이야기를 해서
나는 무척 기분이 좋았고, 그래서 나는 밤새도록 그렇게 그녀의
이야기에 귀를 기울이고 싶었다. 나는 매우 행복한 기분에 젖어
이탈리아에서 가져온 아몬드 열매를 주머니에서 꺼냈다. 그녀
도 그중 몇 개를 집어 들어 우리들은 함께 그것들을 깨뜨리며
고요한 주위를 살펴보았다.

"저기 보이지요"

그녀는 잠시 후 다시 말했다.

"저기 저 달빛에 반짝이는 하얀 작은 성 말이에요, 저것을 정원과 포도밭과 함께 백작님께서 우리들에게 주셨어요. 이제 우리들은 저기서 살게 될 거예요. 그분은 벌써 오래전부터 우리들이 서로 좋은 배필이 될 것이라는 것을 아셨고 또한 그분은 당신을 무척 좋아하세요. 그렇기 때문에 그분은 플로라 양을 기숙학교에서 납치해 올 때 당신을 만난 것이고 그렇지 않았으면 그들은 백작부인과 화해하기 전에 벌써 잡혔을 거예요. 그리고 모든 상황은 달라졌을 거예요."

"아이고 맙소사, 아름답고 자비로운 백작부인"

나는 소리쳤다.

"이런 기상천외한 이야기를 들으니 정신을 못 차리겠네요, 그러니까 그 레온하르트 씨가 그 분이란 말인가요?"

"그래요, 그녀는 나의 말을 가로막았다, 그분은 이탈리아에서 그렇게 행세했어요. 저기 저 분들이 모두 그의 가족이고 이제 그분은 우리 백작부인의 딸인 아름다운 플로라 양과 결혼하게 되는 거예요. 그런데 도대체 당신은 왜 나를 백작부인이라고 부르나요?"

나는 눈을 크게 뜨고 그녀를 쳐다보았다.

"나는 백작부인이 아니에요."

그녀는 계속해서 말했다.

"문지기인 나의 삼촌이 부모 없는 나를 이곳에 데려왔을 때 백작부인께서 성에서 함께 살게 해 준 거예요."

그 소리를 들으니 나의 마음은 마치 삼년 묵은 체증이 떨어진 것처럼 홀가분한 느낌이었다.

"그가 우리의 아저씨가 되다니 문지기에게 신의 축복이 있기를, 나는 언제나 그를 대단하게 여겼어요."

나는 감격해서 말했다.

"그 분도 늘 당신을 좋게 보았어요, 그 분은 다만 당신이 좀더 품위 있게 행동했으면 더 좋았을 것이라고 늘 말씀하셨어요. 그러니 옷을 좀 멋있게 입으세요."

그녀가 말했다.

"아, 그래요."

나는 기뻐서 소리쳤다.

"영국식 연미복과 밀짚모자와 통바지, 그리고 승마용 구두 만 있으면 될 거예요. 그러면 우리는 곧 이탈리아, 로마로 떠나는 거예요. 그곳에는 아름다운 분수가 있어요. 우리들은 프라하의 대학생들과 그리고 또 문지기 아저씨도 함께 가는 거야요!"

그녀는 살며시 미소를 지으며 무척 행복한 표정으로 나를 쳐다보았으며 마침 그 때 멀리서 음악 소리가 은은하게 들려왔고, 성에서는 고요한 밤하늘을 뚫고 정원 위로 불꽃이 솟아올랐으며 사이사이로 다뉴브 강물 소리가 들려와 말할 수 없이 아름다운 정경을 이루었다.